开拓青少年视野的可读读物丛书

精彩绝伦的

▶ KAITUO QINGSHAONIAN SHIYE DE KEWAI DUWU CONGSHU ◀

微型小说

本书编写组◎编

世界图书出版公司
WPC
广州·上海·西安·北京

图书在版编目（CIP）数据

精彩绝伦的微型小说／《精彩绝伦的微型小说》编
写组编 . —广州：世界图书出版广东有限公司，2010．10 (2021.11 重印)
ISBN 978－7－5100－2912－7

Ⅰ．①精… Ⅱ．①精… Ⅲ．①小小说－作品集－中国
－当代 Ⅳ．①I247.8

中国版本图书馆 CIP 数据核字（2010）第 204139 号

书　　名	精彩绝伦的微型小说
	JING CAI JUE LUN DE WEI XING XIAO SHUO
编　　者	《精彩绝伦的微型小说》编写组
责任编辑	王开桃
装帧设计	三棵树设计工作组
责任技编	刘上锦　余坤泽
出版发行	世界图书出版有限公司　世界图书出版广东有限公司
地　　址	广州市海珠区新港西路大江冲 25 号
邮　　编	510300
电　　话	020-84451969　84453623
网　　址	http://www.gdst.com.cn
邮　　箱	wpc_gdst@163.com
经　　销	新华书店
印　　刷	三河市人民印务有限公司
开　　本	787mm×1092mm　1/16
印　　张	13
字　　数	160 千字
版　　次	2010 年 10 月第 1 版　2021 年 11 月第 9 次印刷
国际书号	ISBN　978-7-5100-2912-7
定　　价	38.80 元

前　言

　　微型小说，又称作"小小说"、"一分钟小说"、"袖珍小说"、"镜头小说"等，是一种篇幅短小、情节单一、结构完整、注意省略、讲求寓意的文学形式。它往往撷取一个生活片断，通过精心熔炼，言简意赅地表达出深刻的主题思想以及复杂生动的社会生活。正如有人所说的那样："微型小说的题材，截取的多半是生活海洋里的一涓一滴，经过艺术的点燃，便成了一朵绚丽的浪花。"微型小说这种简短精炼的特征正适应了当今社会的快节奏生活，成为当今社会人们有选择地阅读的新宠。

　　我们精心选编的这本《精彩绝伦的微型小说》，汇集了中外名家名篇，如鲁迅的《一件小事》、冰心的《小桔灯》、契诃夫的《变色龙》、库·海特的《公理》、左琴科的《狗鼻子》、欧·亨利的《爱的磨难》、雪莉·凯撒的《免费》等。这些作品都出自大师之手，具有高度的思想性、艺术性，这使本书同时具有了极大的可读性。

　　希望这本书能带领广大青少年徜徉在经典文学的殿堂里，能提高青少年的文学阅读能力、鉴赏能力和写作能力，能帮助广大青少年实现自我素质和品位的提升：这些就是我们选编本书的目的。

编　者

目　录

精彩绝伦的微型小说

1

开拓青少年视野的课外读物丛书

一件小事 鲁 迅

我从乡下跑到京城里，一转眼已经六年了。其间耳闻目睹的所谓国家大事，算起来也很不少；但在我心里，都不留什么痕迹，倘要我寻出这些事的影响来说，便只是增长了我的坏脾气，——老实说，便是教我一天比一天的看不起人。

但有一件小事，却于我有意义，将我从坏脾气里拖开，使我至今忘记不得。

这是民国六年的冬天，大北风刮得正猛，我因为生计关系，不得不一早在路上走。一路几乎遇不见人，好容易才雇定了一辆人力车，教他拉到S门去。不一会，北风小了，路上浮尘早已刮净，剩下一条洁白的大道来，车夫也跑得更快。刚近S门，忽而车把上带着一个人，慢慢地倒了。

跌倒的是一个女人，花白头发，衣服都很破烂。伊从马路边上突然向车前横截过来；车夫已经让开道，但伊的破棉背心没有上扣，微风吹着，向外展开，所以终于兜着车把。幸而车夫早有点停步，否则伊定要栽一个大斤斗，跌到头破血出了。

伊伏在地上；车夫便也立住脚。我料定这老女人并没有伤，又没有别人看见，便很怪他多事，要自己惹出是非，也误了我的路。

我便对他说，"没有什么的。走你的罢！"

车夫毫不理会，——或者并没有听到，——却放下车子，扶那老女人慢慢起来，搀着臂膊立定，问伊说：

"你怎么啦？"

"我摔坏了。"

　　我想，我眼见你慢慢倒地，怎么会摔坏呢，装腔作势罢了，这真可憎恶。车夫多事，也正是自讨苦吃，现在你自己想法去。

　　车夫听了这老女人的话，却毫不踌躇，仍然搀着伊的臂膊，便一步一步地向前走。我有些诧异，忙看前面，是一所巡警分驻所，大风之后，外面也不见人。这车夫扶着那老女人，便正是向那大门走去。

　　我这时突然感到一种异样的感觉，觉得他满身灰尘的后影，霎时高大了，而且愈走愈大，须仰视才见。而且他对于我，渐渐地又几乎变成一种威压，甚而至于要榨出皮袍下面藏着的"小"来。

　　我的活力这时大约有些凝滞了，坐着没有动，也没有想，直到看见分驻所里走出一个巡警，才下了车。

　　巡警走近我说，"你自己雇车罢，他不能拉你了。"

　　我没有思索地从外套袋里抓出一大把铜圆，交给巡警，说，"请你给他……"

　　风全住了，路上还很静。我走着，一面想，几乎怕敢想到我自己。以前的事姑且搁起，这一大把铜圆又是什么意思？奖他么？我还能裁判车夫么？我不能回答自己。

　　这事到了现在，还是时时记起。我因此也时时熬了苦痛，努力地要想到我自己。几年来的文治武力，在我早如幼小时候所读过的"子曰诗云"一般，背不上半句了。独有这一件小事，却总是浮在我眼前，有时反更分明，教我惭愧，催我自新，并且增长我的勇气和希望。

他　郭沫若

　　近来欧西文艺界中，短篇小说很流行。有短至十二三行的。不知道我这一篇也有小说的价值么？

天色已晚，他往街上买柴去了。

回来的时候，他在街道上看见那位二八的月娥，披着件缟素的衣裳，好像是新出浴的一般，笑向着他；月娥旁边还有许多的明眸，也在向他目礼。他默默地望着他们叹道：啊，光呀！爱呀！我要怎样才能够修积得道呀？修积得道的人真是幸福呀……

——喔，K君！你往哪儿去来？

招呼他的人是他的同学 N 君。他从 mantle 底下露出一个柴来示 N，说道：你又遇着我买柴！N 笑。他也笑。他问 N，你要往哪儿去？

——往 Y 君处去耍。你不同去么？

——不，抱起柴拜客？

——你不往那儿去耍么？

——不，我要回去了。

他们在 H 神社分了手。他又默诵起他自家的诗来。

河豚子　王任叔

他从别人口中得来了这一种常识，便决心走这一着算盘。

他不知从什么地方讨来了一篮的河豚子，悄悄地拿向家中走来。

一连三年的灾荒，所得的谷只够作租；凭他独手支撑的一家五口，从去冬支撑到今岁二三月夜，已算是困难极了。现在也只好挨饥了！

但是——怎样挨得下去呢？

这好似天使送礼物一般的喜悦，当一家人见到他拿来了一篮东西的时候。

孩子们都手舞足蹈地向前进去。

"爸爸，爸爸！什么东西呵！让我们吃哟！"

这么样的情景，真使他心伤泪落的了！

"吃！"他低低地答一声后，无限的恐怖！为孩子生命的恐怖，一齐怒潮般压上心头，喘不过气来。

他嘱咐妻子把河豚子煮熟来吃，自己托故外出一趟。他并不是自己不愿死，不吃河豚子，不过他不忍见到一家人临死的惨状，所以暂时且为避开。

已过了午了，还不见他回来。孩子却早已绕着母亲要吃了。这同甘共苦的妻子，对于丈夫是非常敬爱。任何东西断不肯先给孩子尝吃的。

日车已驾到斜西，河豚子，还依然煮着。他归来了。他的足如踏在云上一般。他想象中一家尸体枕藉的惨状，真使他归来的力也衰了。

然而预备好的刀下舍生的决心，鼓起了他的勇气。早已见到孩子们炯炯的眼光在门外闪发着，过后，一阵欢迎归来的声音也听到了。

"怎么还没有死呢？"他想。

"爸爸！我们是等你回来一同吃呀！"

"哦！"他知道了。

一桌上争争抢抢地吃着。久未得到鱼味的他的一家人，自然分外感到鲜甜。

吃好后，他到床上安安稳稳地睡着，静待这黑衣死神之降临。

但毕竟因煮烧多时，把河豚子的毒性消失了，一家人还是要安安稳稳地挨饿。

他一觉醒来，叹道："真是求死也不得吗？"泪绽出在他的眼上了。

赤着的脚 叶圣陶

中山先生站在台上，闪着沉毅的光的眼睛直望前面；虽然是六十将近的年纪，躯干还是柱石那样直挺。他的夫人，宋庆龄女士，站在他旁边，一身飘逸的纱衣恰称她秀美的姿态，视线也直注前面，严肃而带激动，像面对着神圣。

前面广场上差不多挤满了人。望过去，窠里的蜜蜂一般一刻不停地蠕动着的是人头，大部分戴着草帽，其余的光着，让太阳直晒，沾湿了的头发乌油油发亮。广场的四围是浓绿的高树，枝叶一动不动，仿佛特意严饰这会场似的。

这是举行第一次广东全省农民大会的一天。会众从广东的各县跑来，经过许多许多的路。他们手里提着篮子或是坛子，盛放那些随身需用的简陋的东西。他们的衫裤旧而且脏；原来是白色的，几乎无从辨认，原来是黑色的，反射着油腻的光。聚集这么多的人在一起开会，他们感觉异常新鲜又异常奇怪。

但是他们脸上全都表现出异常热烈虔诚的神情。广东型的深凹的眼睛凝望着台上的中山先生，相他的开阔的前额，相他的浓厚的眉毛，相他的渐近苍白的髭须；同时仿佛觉得中山先生渐渐凑近他们，几乎鼻子贴着鼻子。他们的颧颊部分现出比笑更有深意的表情，厚厚的嘴唇忘形地微微张开着。

他们中间彼此招呼，说话。因为人多，声音自然不小。但是显然不含浮扬的意味，可见他们心头很沉着。

人还是陆续地来。人头铺成的平面几乎全没罅隙，却不如先前那样蠕动得厉害了。

仿佛证实了理想一样，一种欣慰的感觉浮上中山先生心头，他不自觉地阖了阖眼。

这会儿他的视线向下斜注。看到的是站在前排的农民的脚：赤着，留着昨天午后雨中沾上的泥，静脉管蚯蚓一般盘曲着，脚底黏着似的贴在地面上。

好像遇见奇迹，好像第一次看见那些赤着的脚，他一霎时入于沉思了。虽说一霎时的沉思，却回溯到几十年以前：

他想到自己的多山的乡间，山路很不容易走，但是自己在十五岁以前，就像现在站在前面的那些人一样，总是赤着脚。他想到那时候家族的命运也同现在站在前面的那些人相仿，全靠一双手糊口。因为米价贵，吃不起饭，只好吃山芋。他想到就从这一点，自己开始怀着革命思想：中国的农民不应该再这样困顿下去，中国的孩子必须有鞋穿，有米饭吃。他想到关于社会，关于经济，自己不倦地考察，不倦地研究，从而知道革命的事业必须农民参加，而革命的结果，农民生活应该得到改善。他想到为了这些意思撰文，演说，找书，访人，不觉延续了三四十年了。

而眼前，他想，满场站着的正是比三四十年前更困顿的农民，他们身上，有形无形的压迫胜过他们的前一代。但是，他们今天赶来开会了，在革命的旗帜下聚集起来了。这是中国一股新的力量，革命前途的——

这些想头差不多是同时涌起的。他重又看那些赤着的脚，一缕感动的酸楚意味从胸膈向上直冒，闪着沉毅的光的眼睛便潮润了；心头燃烧着亲一亲那些赤着的脚的热望。

他回头看他夫人，她正举起她的手巾。

小桔灯 冰心

这是十几年以前的事了。

在一个春节前一天的下午，我到重庆郊外去看一位朋友。

她住在那个乡村的乡公所楼上。走上一段阴暗的仄仄的楼梯，进到一间有一张方桌和几张竹凳、墙上装着一架电话的屋子，再进去就是我的朋友的房间，和外间只隔一幅布帘。她不在家，窗前桌上留着一张条子，说是她临时有事出去，叫我等着她。

我在她桌前坐下，随手拿起一张报纸来看，忽然听见外屋板门吱的一声开了，过了一会，又听见有人在挪动那竹凳子。我掀开帘子，看见一个小姑娘，只有八九岁光景，瘦瘦的苍白的脸，冻得发紫的嘴唇，头发很短，穿一身很破旧的衣裤，光脚穿一双草鞋，正在登上竹凳想去摘墙上的听话器，看见我似乎吃了一惊，把手缩了回来。我问她："你要打电话吗？"她一面爬下竹凳，一面点头说："我要××医院，找胡大夫，我妈妈刚才吐了许多血！"我问："你知道××医院的电话号码吗？"她摇了摇头说："我正想问电话局……"我赶紧从机旁的电话本子里找到医院的号码，就又问她："找到了大夫，我请他到谁家去呢？"她说："你只要说王春林家里病了，她就会来的。"

我把电话打通了，她感激地谢了我，回头就走。我拉住她问："你的家远吗？"她指着窗外说："就在山窝那棵大黄果树下面，一下子就走到的。"说着就登、登、登地下楼去了。

我又回到里屋去，把报纸前前后后都看完了，又拿起一本《唐诗三百首》来，看了一半，天色越发阴沉了，我的朋友还不回来。

我无聊地站了起来，望着窗外浓雾里迷茫的山景，看到那棵黄果树下面的小屋，忽然想去探望那个小姑娘和她生病的妈妈。我下楼在门口买了几个大红桔子，塞在手提袋里，顺着歪斜不平的石板路，走到那小屋的门口。

我轻轻地叩着板门，刚才那个小姑娘出来开了门，抬头看了我，先愣了一下，后来就微笑了，招手叫我进去。这屋子很小很黑，靠墙的板铺上，她的妈妈闭着眼平躺着，大约是睡着了，被头上有斑斑的血痕，她的脸向里侧着，只看见她脸上的乱发，和脑后的一个大髻。

门边一个小炭炉，上面放着一个小沙锅，微微地冒着热气。这小姑娘把炉前的小凳子让我坐了，她自己就蹲在我旁边，不住地打量我。我轻轻地问："大夫来过了吗？"她说："来过了，给妈妈打了一针……她现在很好。"她又像安慰我似的说："你放心，大夫明早还要来的。"我问："她吃过东西吗？这锅里是什么？"她笑说："红薯稀饭——我们的年夜饭。"我想起了我带来的桔子，就拿出来放在床边的小矮桌上。她没有作声，只伸手拿过一个最大的桔子来，用小刀削去上面的一段皮，又用两只手把底下的一大半轻轻地揉捏着。

我低声问："你家还有什么人？"她说："现在没有什么人，我爸爸到外面去了……"她没有说下去，只慢慢地从桔皮里掏出一瓣一瓣的桔瓣来，放在她妈妈的枕头边。

炉火的微光，渐渐地暗了下去，外面变黑了。我站起来要走，她拉住我，一面极其敏捷地拿过穿着麻线的大针，把那小桔碗四周相对地穿起来，像一个小筐似的，用一根小竹棍挑着，又从窗台上拿了一段短短的蜡头，放在里面点起来，递给我说："天黑了，路滑，这盏小桔灯照你上山吧！"

我赞赏地接过，谢了她，她送我出到门外，我不知道说什么好，她又像安慰我似的说："不久，我爸爸一定会回来的。那时我妈妈就会好了。"她用小手在面前画一个圆圈，最后按到我的手上："我们大家也都好了！"显然地，这"大家"也包括我在内。

我提着这灵巧的小桔灯，慢慢地在黑暗潮湿的山路上走着。这朦胧的桔红的光，实在照不了多远，但这小姑娘的镇定、勇敢、乐观的精神鼓舞了我，我似乎觉得眼前有无限光明！

我的朋友已经回来了，看见我提着小桔灯，便问我从哪里来。我说："从……从王春林家来。"她惊异地说："王春林，那个木匠，你怎么认得他？去年山下医学院里，有几个学生，被当作共产党抓走了，以后王春林也失踪了，据说他常替那些学生送信……"

当夜，我就离开那山村，再也没有听见那小姑娘和她母亲的消息。但是从那时起，每逢春节，我就想起那盏小桔灯。十二年过去了，那小姑娘的爸爸一定早回来了。她妈妈也一定好了吧？因为我们"大家"都"好"了！

寒宵 郁达夫

没有法子，只好教她先回去一步，再过半个钟头，答应她一定仍复上她那里去。

酒也喝得差不多了。左右几间屋子里的客人早已散去，伙计们把灰黄的电灯都灭黑了。火炉里的红煤也已经七零八落，炉门下的一块透明的小门，本来是烧得红红的，渐渐地带起白色来了。

几天来连夜的不眠，和成日的喝酒，弄得头脑总是昏昏的。和逸生讲话讲得起劲，又兼她老在边上挨着，所以熬得好久，连小解都不曾出去解。

好容易说服了她答应了她半点钟后必去的条件，把她送出门来的时候，因为迎面吸了一阵冷风，忽而打了一个寒噤。房门开后，从屋内射出来的红蒙的电灯光里，看出了许多飞舞的雪片。

"啊！又下雪了，下雪了我可不能来呀！"

一半是说笑，一半真想回家去看看，这一礼拜内有没有重要信札。

"嗯哼！那可不成，那我就不走了。"

把斗篷张开，围抱住我的身体，冰凉地、光腻地、香嫩地贴上来的，是她的脸，柔和的较薄的呼吸和嘴唇，紧紧地贴了我一贴。

"酒气！怪难受的！"

假装似怒地又对我瞧了一眼。第二次又要贴上来的时候，屋内的逸生，却叫了起来：

"不行不行，柳卿！在院子里干这玩意儿！罚十块钱！"

"偏要干，偏要……"

嘴唇又贴上来了，嗤地笑了一声。

和她包在一个斗篷中间，从微滑灰黑的院子里，慢慢走到中门口，掌柜的叫了一声"打车"，我才骇了一跳，滚出她的斗篷来，又迎面吸了一阵冷风，打了一个寒噤。

她回转头来重说了一遍：

"半点钟之后，别忘了！"

便自顾自地去了。

忍着寒冷走了几步，在墙角黑暗的地方完了小解，走回来的时候，脸上又打来了许多冰凉的雪片。仰起头来看看天空，只是混茫黝黑，看不出什么东西来。把头放低了一点，才看见了一排冷淡的、模糊的和出气的啤酒似的屋瓦。

进屋子里来一看，逸生已经在炕上躺下了。背后房门开响，伙计拿了一块热手巾和一张帐来。

"你忙什么？想睡了么！再拿一盒烟来！"

伙计的心里虽然不舒服，但因是熟客，也无可奈何的样子，笑了一脸，答应了一个是，就跑了出去。

在逸生对面的炕上，不知躺了几久，伙计才摇我醒来，嗫嚅地说：

"外面雪大得很，别着凉啦，我给你打电话到飞龙去叫汽车去吧？"

"好！"

叫醒了逸生，擦了一擦手脸，吸了一支烟，等汽车来的时候，两个人的倦颓，还没有恢复，都不愿意说话。

忽而沉寂的空气里有勃勃的响声听见了，穿了外套和逸生走出房门来，见院子里已经湿滑得不堪，脸上又打来了几片雪片。

"这样下雪，怕明天又走不成了。"

我自家也觉得说话的声气有点奇怪，好像蒙上了一层布在那里敲打的皮鼓。

大街两旁的店家都已经关上门睡了。路上只听见自家的汽车轮子，杀杀冲破泥浆的声音。身体尽在上下颠簸。来往遇见的车子行人也很少。汽车篷下的一盏电灯，好像破了，车座里黑得很。车头两条灯光的线里照出来的雪片，冥冥，很远很远，像梦里似的看得出来。

蒲蒲地叫了几声，车头的灯光投射在一道白墙壁上，车转弯了。将到逸生家的门口的时候，我心里忽然地激动了起来。好像有一锅沸水，直从肚子里冲上来的样子，两只眼睛也觉得有点热。

"逸生！你别回去吧！我们还是回韩家潭去！上柳卿房里去谈它一宵！"

我破了沉默，从车座里举起上半身来，一边这样地央告逸生，一边在打着前面的玻璃窗，命汽车夫开向韩家潭去。

灯　王鲁彦

　　我愤怒地躺在母亲的怀中。母亲紧紧地搂着我，呜咽地哭泣着，她的泪纷纷地落在我的颈上，我只是愤怒地躺着。

　　"你不生我不好吗，母亲？"我怨忿地问。

　　母亲没有回答，母亲的脸色极其苍白。

　　我愤怒地伸出右手，竭力地撕我胸上的衣服。

　　"为了母亲，孩子……"母亲按住我的手，呜咽地说。

　　"咳咳……"我哭了。

　　风凄凄地摇荡着窗外的枇杷树，雨萧萧地滴在我心上。母亲的脸色是那样的苍白。我悲苦的挽住了她的颈，她的颈如柴一般的消瘦。

　　"让我死了罢，母亲……"我哭着说，紧紧地挽着她的颈。

　　"不能，不能，孩了，我的孩子……"她的泪纷纷地落在我的脸上。

　　灯光暗淡地照着她的头发，她的头发如丝一般的乱，如霜一般的白。

　　静寂，静寂，世界上除了我和母亲外，没有一个人影，除了风和雨的哭声外，没有半点响声。

　　"罢了，罢了，母亲。我还你这颗心，我还你这颗心！你生我时不该给我这颗心，这在世界上没有用处！"说着，我用两手竭力地撕我胸上的衣服，怨忿而且悲伤。

　　"啊，孩子！"……母亲号啕地哭了。她紧紧地按住了我的手，我竭力地挣扎着。

风凄凄地摇荡着窗外的枇杷树，雨萧萧地滴在我的心上。灯光暗淡的照着母亲的头发，母亲的头发如丝一般的乱，如霜一般的白，母亲的泪如潮一般的流着，我抱住她的消瘦的颈，也号啕地大哭了。

　　有一滴泪，从母亲的眼中落了下来，滴在我的眼上，和我的泪融合在一处，渐渐地汇成了一道河。

　　我溯着河流走去，进了母亲的眼帘，一直到了母亲的心坎上。

　　在那里，我看见母亲的心萎枯了。

　　"母亲，为了你的孩子，你将你自己的心萎枯了。然而你分给你孩子的那颗心，在世界上只是受人家的诅咒，不曾受人家的祝福，只能增加你孩了的悲哀，不能增加你孩子的欢乐。现在，取出来还了你罢，母亲！"我哭着说，跪倒在母亲的心旁。解开胸衣，用指甲划开胸皮，我伸手进去从自己的腔中挖出一颗鲜血淋淋的心，放在母亲的心上。母亲的心和我的心合成一个，热血沸腾了。

　　我急忙合上自己的胸皮，扣上了胸衣，忽忽地离开了母亲的心，出了母亲的眼帘，由原路回到了母亲的膝上。

　　母亲不知道。

　　"母亲，我不再灰心了，我愿意做'人'了。"我拭着眼泪对母亲说。

　　母亲微笑了。母亲的心中充满了无限的欢乐，母亲的眼前露出了无限的希望。

　　只有灯，只有站在壁上的灯，他知道我在母亲心中所做的什么，不忍见那微笑，渐渐地惨淡了下去……

田寡妇看瓜　赵树理

　　南坡庄上穷人多，地里的南瓜豆荚常常有人偷，雇着看庄稼的也不抵事，各人的东西还得各人操心。最爱偷人的叫秋生，因为自己没有地，孩子老婆五六口，全凭吃野菜过日子，偷南瓜摘豆荚不过是顺路捎带。最怕人偷的是田寡妇，因为她园地里的南瓜豆荚结得早——南坡庄不过三四十家人，有园地的只是王先生和田寡妇两家，王先生有十来亩，可是势头大，没人敢偷；田寡妇虽说只有半亩，可是既然没人敢偷王先生的，就该她一家倒霉，因此她每年夏秋两季总要到园里去看守。

一九四六年春天，南坡庄经过土地改革，王先生是地主，十来亩园地给穷人分了；田寡妇是中农，半亩园地自然仍是自己的。到了夏天园地里的南瓜豆荚又早早结了果，田寡妇仍然每天到地里看守。孩子们告她说："今年不用看了，大家都有了。"她不信，因为她只到过自己园里，王先生的园在哪里她都不知道。

也难怪她不信孩子们的话，她有她的经验：前几年秋生他们一伙人，好像专门跟她开玩笑——她一离开园子就能丢了东西。有一次，她回家去端了一碗饭，转来了，秋生正走到她的园地边，秋生向她哀求："嫂！你给我个小南瓜吧！孩子们饿得慌！"田寡妇没好气，故意说："哪里还有？都给贼偷走了！"秋生明知道是说自己，也还不得口，仍然哀求下去，田寡妇怕他偷，也不敢深得罪他，看看自己的嫩南瓜，哪一个也不舍得摘，挑了半天，给他摘了拳头大一个，嘴里还说："可惜了，正长哩。"她才把秋生打发走，王先生恰巧摇着扇子走过来。王先生远远指着秋生的脊背跟她说："大害大害！庄上出下了他们这一伙子，叫人一辈子也不得放心！"说着连步也没停就走过去了。这话正投了她的心事，她一辈子也忘不了，因此孩子们说"今年不用看了"，她总听不进去。不管她信不信，事实总是事实。有一天她中了暑，在家养了三天病，园子里没丢一点东西。后来病好了虽说还去看，可是家里忙了，隔三五天不去也没事，隔十来天不去也没事，最后她把留做种子的南瓜上都刻了些十字作为记号，就决定不再去看守。

快收完秋的时候，有一天她到秋生院里去，见秋生院里放着十来个老南瓜，有两个上边刻着十字，跟她刻的那十字一样，她又犯了疑。她有心问一问，又没有确实把握，怕闹出事来，才又决定先到园里看看。她连家也没回就往园里跑，跑到半路恰巧碰上秋生赶着个牛车拉了一车南瓜。她问："秋生！这是谁的南瓜？怎么这么多？"秋生说："我的！种得太多了！""你为什么种那么多？""往年孩子们见了南瓜馋得很，今年分了半亩园地我说都把它种成南瓜吧！谁知道这种粗笨东西多了就多得没有样子，要这么多哪吃得了？种成粮食多合算！""吃不了不能卖？""卖？今年谁还缺这个？上哪里卖去？园里还有！你要吃就打发孩子们去担一些，光叫往年我吃你的啦！"他说着赶着车走了，田寡妇也无心再去看她的南瓜。

陈 小 手 汪曾祺

我们那地方，过去极少有产科医生。一般人家生孩子，都是请老娘。什么人家请哪位老娘，差不多都是固定的。一家宅门的大少奶奶、二少奶奶、三少奶奶生的少爷、小姐，差不多都是一个老娘接生的。老娘要穿房入户，生人怎么行？老娘也熟知各家的情况，哪个年长的女用人可以当她的助手，当"抱腰的"，不需临时现找。而且，一般人家都迷信哪个老娘"吉祥"，接生顺当。——老娘家都供着送子娘娘，天天烧香。谁家会请一个男性的医生来接生呢？——我们那里学医的都是男人，只有李花脸的女儿传其父业，成了全城仅有的一位女医人。她也不会接生，只会看内科，是个老姑娘。男人学医，谁会去学产科呢？都觉得这是一桩丢人没出息的事，不屑为之。但也不是绝对没有。陈小手就是一位出名的男性的产科医生。

陈小手的得名是因为他的手特别小，比女人的手还小，比一般女人的手还更柔软细嫩。他能专治难产。横生、倒生，都能接下来（他当然也要借助于药物和器械）。据说因为他的手小，动作细腻，可以减少产妇很多痛苦。大户人家，非到万不得已，是不会请他的。中小户人家，忌讳较少，遇到产妇胎位不正，老娘束手，老娘就会建议："去请陈小手吧。"

陈小手当然是有个大名的，但是都叫他陈小手。

接生，耽误不得，这是两条人命的事。陈小手喂着一匹马。这匹马浑身雪白，无一根杂毛，是一匹走马。据懂马的行家说，这马走的脚步是"野鸡柳子"，又快又细又匀。我们那里是水乡，很少人家养马。每逢有军队的骑兵过境，大家就争着跑到运河堤上去看"马队"，觉得非常好看。陈小手常常骑着白马赶着到各处去接生，大家就把白马和他的名字联系起来，称之为"白马陈小手"。

同行的医生，看内科的、外科的，都看不起陈小手，认为他不是医生，只是一个男性的老娘。陈小手不在乎这些，只要有人来请，立刻跨上他的白马，飞奔而去。正在呻吟惨叫的产妇听到他的马脖子上的銮铃的声音，立刻就安定了一些。他下了马，即刻进产房。过了一会（有时时间颇长），听到"哇"的一声，孩子落地了。陈小手满头大汗，走了出来，对这家的男主人拱拱手："恭喜恭喜！母子平安！"男主人满面笑容，把封在红纸里的酬金递过去。陈小手接过来，看也不看，装进口袋里，洗洗手，喝一杯热茶，道一声"得罪"，出门上马。只听见他的马的銮铃声"哗棱哗棱"走远了。

陈小手活人多矣。

有一年，来了联军。我们那里那几年打来打去的，是两支军队。一支是国民革命军，当地称之为"党军"；相对的一支是孙传芳的军队。孙传芳自称"五省联军总司令"，他的部队就被称为"联军"。联军驻扎在天王庙，有一团人。团长的太太（谁知道是正太太还是姨太太），要生了，生不下来。叫来几个老娘，还是弄不出来。这太太杀猪也似的乱叫。团长派人去叫陈小手。

陈小手进了天王庙。团长正在产房外面不停地"走柳"，见了陈小手，说：

"大人，孩子，都得给我保住！保不住要你的脑袋！进去吧！"

这女人身上的油脂太多了，陈小手费了九牛二虎之力，总算把孩子掏出来了。和这个胖女人较了半天劲，累得他筋疲力尽。他趔里歪斜走出来，对团长拱拱手：

"团长！恭喜您，是个男伢子，少爷！"

团长龇牙笑了一下，说："难为你了！——请！"

外边已经摆好了一桌酒席。副官陪着。陈小手喝了两盅。团长拿出二十块现大洋，往陈小手面前一送：

"这是给你的！——别嫌少哇！"

"太重了！太重了！"

喝了酒，揣上二十块现大洋，陈小手告辞了："得罪！得罪！"

"不送你了！"

陈小手出了天王庙，跨上马。团长掏出枪来，从后面，一枪就把他打下来了。

团长说："我的女人，怎么能让他摸来摸去！她身上，除了我，任何男人都不许碰！这小子，太欺负人了！日他奶奶！"

团长觉得怪委屈。

精彩绝伦的微型小说

两个不能遗忘的印象　夏　衍

　　编者出的题目已经忘了，大约是要写一些上海战争中的印象。印象实在太多，现在就将两件自身遭遇的，使我永也不能忘记的印象写下来吧。

　　其一

　　二月十五，搭了载着某团体捐给十九路军兵士的军需品和食粮的运货汽车，从中山路到真如去。过了大杨桥，前面就没有连接的市廛，而只展开着随时点缀着土堆和池沼的耕地。因为那时来往的汽车很多，所以那条平时坐在汽车里会使你上下跳跃的交通路已经修铺得相当的平稳；汽车开足每小时 40 哩的速率，汽车夫已在溅着口沫地和坐在旁边的送货的办事员谈话。突然，离开我们的车子前面不到 100 码路的一辆红十字会汽车，好像前面碰到了一条土堤一般的停住，车上的五六个穿制服的职员，好像一盘豆子倒在地上一般的四散地望着两面的耕地乱闯。无疑，这是日本帝国主义的飞机。于是我们的车子也很快的停了，我们也像他们一样地躲在土堆和沟渠里面。飞机只有一只，飞得很低，在我们两辆汽车前后飞了一转，弃下了一捆白地蓝字的传单，很快地就曳着尾巴往东方飞去。大家透了口气，重新聚会拢来，汽车夫说，传单正丢在他的前面，不到两三丈路，假使这是炸弹，那就性命没了，他又说飞机师一共两个，掷传单的好像还在带笑地挥手。传单，在地上散很多，出于意料，这真是太出于意料了，在署名中央党部的写着"打倒抗命的十九路军"的传单之外，还夹着不少日本文的署名日本革命士兵委员会的宣言。很长，最少也有七八百字，最后的口号是："掉转枪尖来刺死你真正的敌人"，"大胆地和中国的革命士兵握手"。有许多人看了发怔。

"怪了，东洋人里面也有这样的人？"

"而且是飞机师呢。"

可是汽车夫不服气地用袖子揩了一揩脸上的泥土，说：

"丢在这儿有什么用？我们又不是东洋兵。"

"就是要使你知道呢，东洋人里面也有这样的人！"其他一个很快地讲。

其二

日子记不清了，是在爱义义路梅白克路口的一处伤兵医院。午后，淡淡的太阳斜射在靠街的玻璃窗上，义勇的，一个什么医学校的女生伏在矮矮的板桌上面，正在替一个诸暨口音的八十八师的打断踝骨的伤兵写信。

"唔，现在没有钱寄，一时也不能回来，……还有呢？"女学生催促一般地问。

伤兵望着银鱼一般的在纸上跃动的手，尽是呆了一般地傻笑。

"什么？挂了彩还笑？……你这人痴了？"女的被他看红了脸，鼓起了腮子说。

"天下真有这样白嫩的手！你看，我们手上都是蚕豆大小的趼。喂，老孔！"他喊着，"记得全家宅的那件事吗？"

被他叫做老孔的，脸上被纱布包得只露出两只眼睛的同是八十八师的士兵慢慢地将头动了一下，依旧没力地躺下去。

"在老孔挂彩之前三五天，我和他在全家宅拼命地想要夺一枝东洋兵的步枪，可是那东洋人凶得很，打死了还不放手。老孔捏了枪，我将他的手扳开来。对啦，他的手也和我们的一样。"

停了几秒钟，谁都不响，女学生怔怔地望着他的手。

"东洋兵大概也和我们一样的捏铁耙、捏斧头的吧。"另外一个伤兵讲。

邻 居 前苏联 邦达列夫

两位退休的老头儿在一栋新楼里分到了一套两居室的住房。他们不谋而合地在同一个时间搬了家，就在新居的楼梯平台上相互做了简单的自我介绍，心里感到非常满意，因为他俩从前都是孤身一人，没有亲友，从今以后有人朝夕相伴，就不会寂寞地度过迟暮之年了。

于是，两人决定先安置好家具，然后按照老年人的习惯来共庆乔迁之喜。他们在附近的食品店买了一瓶红葡萄酒、一瓶矿泉水和一些简单的小菜。两个老头儿坐在散发着油漆气味的厨房的餐桌旁边，喝完了第一杯，又干了第二杯。这时他俩才开始仔细地打量对方，接着两人惊呆了，默默无言地坐着，过了一会儿，突然都哭了起来。

一个老头儿以前是法院侦察员，而另一个老头是他审讯的对象，后来被判了刑，过了多年的囚禁生活。

话的力量 前苏联 巴甫连科

当我感到困难，当怀疑自己力量的心情使我痛苦流泪，而生活又要求作出迅速和大胆的决定，由于意志薄弱，我却作不出这种决定来的时候，——我便想起一个老故事，这是许久以前我在巴库听一位四十年前被流放过的人说的。这故事对我起了很有用的影响，它能鼓舞我的精神，坚定我的意志，使我把这短短的故事当成我的护符和咒文，当成每个人都有的那种内心的誓言。这是我的颂歌。下面就是这篇故事，它已经缩短成能够对任何人叙述的寓言了。事情发生在四十年前的西伯利亚，在一次各党派流放者秘密举行的联席会议上，做报告的人要由邻村派人来参加。这是一个年轻的革命家，名气很大，也很突出，并且是一位前程远大的人。我不打算说出他的姓名。大家等他等了很久，他没有来。把会议延期吧，当时的情况是不允许的，而那些跟他属于不同政党的人却主张他不来也要开会，因为，他们说，这样的天气他总归是来不了的。天气也实在真是恶劣。这一年的春天来得很早，山南光秃秃的斜坡上的积雪被太阳晒软了。要想乘狗拉雪橇也办不到的。河里的冰也薄了，发了青，有些地方已经浮动起来了，在这般情形下，滑雪来很危险，要驾船逆流而上也还太早，冰块会把船挤碎的，其实，即使是最强壮的渔夫也抵不住冰块的冲击力。然而赞成等候的人并没有妥协。他们对于那个要来的人一向是深知的。

"他会来的。"

他们坚持说。

"如果他说过'我要来'，那他一定会来。"

"环境比我们更有力量呵。"前一种人急躁地说。

大家争论起来了。忽然窗外人声嘈杂，在木屋前玩耍的孩子兴奋起来，狗叫着，焦急不安的渔夫们赶紧向河边奔去。流放者们也从屋子里走出来。他们跟前出现一个惊奇的场面。有一只小船绕着弯慢慢地冲着碎冰逆流而上。船头站着一个瘦削的人，穿着毛皮短外衣，戴着毛皮耳帽；他嘴里衔着烟斗，他用安详的动作，不慌不忙地用杆子推开流向船头的冰块。起初谁也没注意，这小船既没有帆也没有机器，怎么能逆流行驶，当人们走近河边的时候，大家才吃了一惊，原来是几只狗在岸上拖着船前进。这样的事在这里谁都没有试过，渔夫们惊奇得直摇头。其中一位年长的人说："我们的祖先和你父亲在这儿住了多少代，可能谁也没敢这样做过。"

当戴耳帽的人走上岸来的时候，他们向他深深地鞠躬致敬："到来的这一位比咱们更会出主意。是个勇敢的人！"来者与等候他的人握了握手，指着船和河说："同志们，请原谅我不得已迟到了。这对我是一种新的工具，有点不好掌握时间。"

实际上是不是这样，或者说人家讲给我听的这个富于诗意的故事中是不是有所杜撰，我不得而知，但我希望这一切都是真实的，因为对我来说，再也没有比这个关于信任一句话和关于一句话的力量的故事更具真实和美好的东西了。

公理　前苏联　库·海特

老师离开黑板，抖了抖手上的粉笔灰说：

"现在请大家做笔记：平行的两条直线，任意加以延长，永不相交。"

学生们低下头在本子上写着。

"平行的两条直线……永不……相交……西多罗夫，你为什么不记呢？"

"我在想。"

"想什么呢？"

"为什么它们不会相交呢？"

"为什么？我不是已经讲过，因为它们是平行的呀。"

"那么，要是把它们延长到一公里。也不会相交吗？"

"当然啦。"

"要是延长到两公里呢？"

"也不会相交的。"

"要是延长到五千公里，它们就会相交了吧？"

"不会的。"

"有人试验过吗？"

"这道理本来就很清楚，用不着试验，因为这是一条公理。谢苗诺夫，你说说，什么叫公理？"

一个戴着眼镜、态度认真的男孩子从旁边位子上站起来答道：

"公理就是不需要证明的真理。"

"对，谢苗诺夫，"老师说，"坐下吧……现在你明白了吧？"

"这我懂得，就是不懂为什么它们不会相交。"

"就因为这是一条公理，是不需要证明的真理呀。"

"那么，无论什么定理都可以叫做公理，就也都用不着加以证明了。"

"不是任何一条定理都可以叫做公理。"

"那为什么这一条定理就可以叫做公理呢？"

"咳，你多固执啊……喂，西多罗夫，听我说，你今年多大了？"

"十一岁。"

"明年是多少岁？"

"十二岁。"

"再过一年呢？"

"十三岁。"

"你瞧，每个人每年都要长一岁，这也是一条公理。"

"要是这个人突然一下子死掉了呢？"

"那又怎么样？"

"一年后他不就长不了一岁了吗？"

"这是例外情况。你别从我的话中找岔子了。我还可以给你举出

精彩绝伦的微型小说

别的例子，甚至可以举出成千上万的例子来说明。不过，这没必要，因为公理是不用证明的。"

"那要不是公理呢？"

"那是什么？"

"要是定理，就需要证明了吧？"

"那是需要的。可我们现在说的是公理。"

"为什么是公理呢？"

"因为这是欧几里得说的。"

"要是他说错了呢？"

"你大概以为欧几里得比你还要蠢吧？"

"不，我并不这样认为。"

"那为什么你还要强辩呢？"

"我没有强辩。我只是在想：为什么两条平行直线不能相交？"

"因为他们不会相交，也不可能相交。整个几何学就是建立在这个基础上的。"

"这么说，只要两条平行直线一相交，整个几何学就不能成立了？"

"那当然，但它们终究不会相交……你瞧，我在黑板上画给你看……怎么样，相交了没有？"

"暂时没有。"

"好，你再看，我在墙上接着画……相交了没有？"

"没有。"

"你还要怎样呢？"

"要是再延长，延长到墙的背面去呢？"

"现在我全明白了，你简直是个无赖，你心里很明白，但就是存心要跟我扯皮。"

"可我确实是不懂嘛。"

"嗯，好吧，你不相信欧几里得，也不知道他是什么人。但我，你总该知道，总该相信吧？我对你说，它们是不会相交的……喂，你怎么不说话了呢？"

"我在想。"

"西多罗夫，那就这么办吧：要么你立刻承认它们不会相交，要么我把你撵出教室，怎么样？"

"我实在弄不明白这是怎么回事。"西多罗夫哽咽着说。

"出去！"老师喊了起来，"收拾起你的书包见你的父母去吧。"

西多罗夫收拾起书包，抽泣着走出教室。

老师疲惫地坐在椅子上，大家默默地坐了几秒，然后老师站起来又走近了黑板。

"好吧，同学们，我们继续上课，请你们再记下一条公理：两点间只能画一条直线。"

天才的力量　前苏联　左琴科

演员库兹金娜取得一鸣惊人的成功，观众们使劲跺脚，嗷嗷地吼，简直发了狂。崇拜者们把鲜花朝台上扔去，喊叫着："库兹金娜！库——兹金娜！"

一个机灵非凡的崇拜者想穿过乐队挤上台去，给观众拦住了。他于是向门上写着"闲人莫入"的房间冲去，一下就不见了。

库兹金娜这时正坐在演员化妆室里，心想："啊！我期望的正是这样的成功啊！激动人心，以自己的天才使人们变得高尚起来……"

这时，有人敲门。

"喂，"她说，"请进。"

一个人飞身走了进来，这就是那位机灵的崇拜者。他的动作是那么麻利，女演员甚至连他的脸都没有看清。

这人"扑通"一声跪在她面前，嘟哝着说："我爱……我倾倒……"他拣起扔在地上的一只皮靴就一个劲儿地吻起来。

"对不起，"女演员说，"那不是我的皮靴，那是滑稽老太婆的……这才是我的。"

崇拜者又疯狂地抓起女演员的皮靴。

"还有一只……"崇拜者跪在地上一边爬一边嘶哑地说，"还有一只呢？"

"天哪！"女演员暗自想，"他是多么爱我啊！"她于是把另一只皮靴也递给他，怯生生地说："在这儿……那儿是我的束腰带……"崇拜者抓起皮靴和束腰带，非常庄重地把它们贴在自己胸前。

库兹金娜仰面坐在扶手椅上，她想："天哪！天才的力量是多么惊人呀！它使人抑制不住自己的感情……成功了！是多么成功啊！崇拜者们闯到后台来，吻她的靴子……多么幸福，多么光荣！"

她越想越激动，连眼睛都闭上了。

"库兹金娜！"导演喊，"上场！"

女演员猛地醒了过来。崇拜者和皮靴都不翼而飞了。后来才查清楚：除了皮靴和束腰带以外，化妆室还丢失了一盒化妆品、假发。滑稽老太婆的一只皮靴也不见了，那个崇拜者没有找到另外一只，另外一只在扶手椅底下。

狗鼻子　　前苏联　左琴科

商人叶列麦伊·巴勃金的一件貂皮大衣给人偷走了。商人叶列麦伊·巴勃金嚎哭了起来。他真心疼这件皮大衣呀。他说："诸位，我那件皮大衣可是好货啊。太可惜了。钱我舍得花，我非把这个贼捉到不可。我要啐他一脸唾沫。"

于是，叶列麦伊·巴勃金叫来警犬搜查。来了一个戴鸭舌帽、打绑腿的便衣，领着一只狗。狗还是个大个头，毛是褐色的；嘴脸尖尖的，一副尊容很不雅观。便衣把那只狗推到门旁去闻脚印，自己"嘘"了一声就退到一边。警犬嗅了嗅，朝人群中扫了一眼（自然四周有许多人围观），突然跑到住在五号的一个叫费奥克拉的女人眼前，一个劲儿地闻她裙子下摆。女人往人群里躲，狗一口咬住裙子。女人往一旁跑，它也跟着。一句话，它咬住女人的裙角就是不放。女人扑通一声跪倒在便衣面前。

"完了，"她说。

"我犯案啦。我不抵赖。"

她说："有五桶酒，这不假。还有酿酒用的全套家什。这也是真的，藏在浴室里。把我送到公安局好了。"

人们自然惊得叫出声。

"那件皮大衣呢？"有人问。她说："皮大衣我可不知道，听都没听说过。别的都是实话。抓走我好了，随你们罚吧。"

这女人就给带走了。便衣牵过那只大狗，又推它去闻脚印，说了声"嘘"又退到一旁。狗转了转眼珠，鼻子嗅了嗅，忽地冲着房产管理员跑过去。管理员吓得脸色煞白，摔了个仰面朝天。他说："诸位好人呀，你们的觉悟高，把我捆了吧。我收了大伙的水费，全让我给乱花了。"

住户们当然一拥而上，把管理员捆绑起来。这当儿警犬又转到七号房客的跟前，一口咬住他的裤腿。这位公民一下子面如土色，瘫倒在人群前面。他说："我有罪，我有罪。是我涂改了劳动履历表，瞒了一年。照理，我身强力壮，该去服兵役，保卫国家。可我反倒躲在七号房里，用着电，享受各种公共福利。你们把我逮起来吧!"人们发慌了，心想："这是条什么狗，这么吓人呀?"那个商人叶列麦伊·巴勃金，一个劲儿眨巴着眼睛。他朝四周看了看，掏出钱递给便衣。

"快把这只狗牵走吧，真见它的鬼。丢了貂皮大衣，我认倒霉了。丢就丢了吧……"他正说着，狗已经过来了，站在商人的面前不停地摇尾巴。商人叶列麦伊·巴勃金慌了手脚，掉头就走，狗追着不放，跑到他跟前闻他那只套鞋。商人吓得脸色倏地就白了。他说："老天有眼，我实说了吧。我自己就是个混账小偷。那件皮大衣，说实话也不是我的，是我哥哥的，我赖着没还。我真该死，我真后悔啊!"这下子人群哄地四散而逃。狗也顾不得闻了，就近咬住了两三个人，咬住就不放。这几个也一一坦白了：一个打牌把公款给输了;一个抄起熨斗砸了自己的太太;还有一个，说的那事叫人没法言传。人一跑光，院子里便空空如也，只剩下那条狗和便衣。这时警犬忽然走到便衣跟前，大摇其尾巴。便衣脸色陡地变了，一下子跪倒在狗跟前。他说："老弟，要咬你就咬吧。你的狗食费，我领的是三十卢布，可自己吞了二十卢布……"后来怎样，我就不得而知了。是非之地，不可久留，我便赶紧溜之乎也。

预演　前苏联　杜姆巴泽

我们是老同学，当时我们俩并排坐在最后一排课桌。当老师转身在黑板上写字的时候，我们常一起冲着老师的后背做鬼脸儿。我们还一起参加期末补考。

那是十五年前的事了。十五年来我们一直没有见过面。今天，我终于怀着激动的心情登上了四层楼……

不知道他是否还能认出我来？

我毅然按了一下电铃。

"不怕烂掉你的臭爪子，可恶的东西！震得整个房子嗡嗡响。什么时候你才能改掉这个坏习惯？"里面传出一阵叫骂。

我羞得满面通红，连忙把手塞进口袋。前来开门的是一个淡黄头发的女孩，看上去约摸有八九岁。

"努格扎尔·阿马纳季泽在这儿住吗？"

"他是我爸爸。"

"你好，小姑娘，我是绍塔叔叔，是你爸爸的老同学。"

"噢，您请进来吧！……玛穆卡！爸爸的同学绍塔叔叔来了。"女孩朝里边喊了一声，领着我向屋子里走去。

迎面冲出一个六岁左右的小男孩，浑身是墨水污迹。

"你们的爸爸妈妈在家吗？"

"不在。他们很快就会回来的。"

"你俩在做什么呢？"我问。

"我们在玩'爸爸和妈妈游戏'。我当爸爸，姆济娅当妈妈。"玛穆卡对我说。

"你们玩吧，我不妨碍你们。"我一面点着烟，坐在沙发上。"不知道努格扎尔过得怎么样，"我寻思着，"生活安排得好不好，是不是幸福？"

孩子们尖利的喊叫声把我从遐想中唤醒过来。

"喂，孩子他妈！今天做了什么好吃的？"玛穆卡问道，显然是模仿某个人的腔调。

"吃个屁！我倒要问问你，我拿什么来做饭？家里啥也没有！"

"你的嘴可真厉害，骂起人来活像个卖货的娘儿们！"

"你怕什么！在饭馆一坐，就能吃个酒醉饭饱……可我怎么办？"

我顿时出了一身冷汗。

"昨天夜里你跑哪儿逛去了？说！"姆济娅握着两个小拳头，叉腰站着。

"你管不着！"

"什么，我管不着？好吧，我叫你和那帮婊子鬼混！"

"你疯啦？"

"我受够了！够了！今天我就回娘家去，孩子统统带走！"

"不准动孩子，你自己爱上哪就上哪儿！"

"没那么简单！"

"把儿子给我留下！"

"不行，我已经说了！"姆济娅高声叫道。

"你听着：把儿子留下！要不然……"玛穆卡抱起枕头，一下子砸在姆济娅身上。

"好哇，你敢打人？！畜生！"姆济娅抢起洋娃娃，狠狠地打在弟弟头上。她打得那样厉害，玛穆卡的两眼当即闪出了泪花。

我跳起来把他们拉开。

"孩子，真不知道害臊。这是什么游戏哟！"

"放开我，尼娜！"姆济娅突然朝我喊道。"你们这些邻居不知道他是什么玩意儿！我整天受他的气，没法跟他过下去了，我的血全被他吸干了，可恶的东西！你们瞧，我瘦成了什么样子！"姆济娅用纤细的指头戳了戳她那玫瑰色的脸蛋儿。

"别信这个妖婆的鬼话！"玛穆卡冲我说。

"不要吵了！"我实在控制不住，向他们大吼了一声。孩子们恐惧地盯着我。我喘过一口气，勒令两个孩子向我发誓，保证往后不再扮演他们的爸爸妈妈，然后便步履蹒跚地离开了这个家。

"看来，我的朋友生活得蛮'快活'的！"我一路上想着姆济娅和玛穆卡，他们在我面前表演了一幕未来家庭生活的丑剧。

身教言教　　前苏联　勃罗多夫

阖家三口儿围坐在一张铺着天蓝色桌布的圆桌旁。爸爸在翻阅报纸，妈妈在绣坐垫，八岁的维佳在看书。

"爸爸，我有个问题弄不清楚，"维佳突然向父亲发问，"请你给我解释一下，怎么有些人会吵嘴的？"

"这不难，"老爸把报纸放在一旁说了起来，"打个比方，我们的房屋管理员与庭院清扫工之间有了意见……"

"没有那回事！"妈妈打断了爸爸的话，"房屋管理员与庭院清扫工相处得很好。"

"这是我举个例子嘛。"爸爸辩解道。

"你不应该凭空瞎举这样的例子！"妈妈提高嗓门喊了起来。

"那就有劳你向孩子解释解释……"

"你总是把责任推到我的身上。"

"不是我推卸责任……是你爱找碴儿……"

"是我爱找碴儿？"

"是的，是你……"

"不对，是你……"

"别吵了，"维佳插嘴说，"我明白了。"

变色龙　　俄罗斯　契诃夫

巡官奥楚蔑洛夫穿着新的军大衣，手里提着一个小包，穿过市场的广场。他身后跟着一个火红头发的巡警，端着一个筛子，那上面盛满了没收来的醋栗。四下里一片寂静……广场上一个人也没有……商店和饭馆的敞开的门无精打采地面对上帝创造的这个世界张开，就跟许多饥饿的嘴巴一样；在那些门口附近，就连一个乞丐也没有。

"好哇，你咬人，该死的东西！"奥楚蔑洛夫忽然听见了喊叫声。

"伙伴们，别放走它！这年月咬人可不行！逮住它！哎哟……哎哟！"传来了狗的尖叫声。奥楚蔑洛夫往那边一瞧，看见商人彼楚金的木柴场里跑出来一条狗，用三条腿一颠一颠地跑着，不住地回头瞧。它身后跟着追来一个人，穿着浆硬的花布衬衫和敞着怀的坎肩。他追它，身子往前一探，扑倒在地上，抓住了狗的后腿，于是又传来狗的尖叫声和人的呐喊声："别放走它！"带着睡意的脸从商店里探出来，木柴场四周很快地聚了一群人，仿佛从地底下钻出来的一样。

"仿佛出乱子了，长官！……"巡警说。

奥楚蔑洛夫把身子微微向左一转，往人群那边走去。在木柴场门口，他看见前面已经提到的那个敞开了坎肩前襟的人举起右手，把一根血淋淋的手指头伸给那群人看。在他那半醉的脸上好像出现这样的神气："我要揭你的皮，坏蛋！"就连手指头本身也像是一面胜利的旗帜。奥楚蔑洛夫认出这人是金银匠赫留金。闹出这场乱子的罪犯坐在人群中央的地上，前腿劈开，浑身发抖——原来是一条白毛的小猎狗，脸尖尖的，背上有块黄斑。它那含泪的眼睛流露出悲苦和恐怖的神情。

"这儿到底出了什么事儿？"奥楚蔑洛夫挤进人群中去，问道，"你在这儿干什么？你究竟为什么举起那根手指头？……谁在嚷？"

"长官，我好好地走我的路，没招谁没惹谁……"赫留金开口了，拿手罩在嘴上，咳嗽了一下说，"我正跟密特里·密特里奇谈木柴的事儿，忽然，这个贱畜生无缘无故把这个手指头咬了一口……您得原谅我，我是做工的人……我做的是细致的活儿。这得叫他们赔我一笔钱才成，因为也许我要有一个礼拜不能用这个手指头啦……长官，就连法律上也没有那么一条，说是人受了畜生的害就该忍着……要是人人都这么给畜生乱咬一阵，那在这世界上也没个活头儿了……"

"嗯！……不错"奥楚蔑洛夫严厉地说，咳了一声，皱起眉头。"不错……这是谁家的狗？我绝不轻易放过这件事。我要拿点颜色出来给那些放出狗来到处跑的人看看！那些老爷既是不愿意遵守法令，现在也该管管他们了！等到他，那个混蛋，受了罚，拿出钱来，他才会知道放出这种狗来，放出种种的野畜生来，看有什么下场！我要好好教训他一顿！叶尔德林，"巡官对巡警说，"去调查一下，这是谁的狗，打个报告上来！这狗呢，把它弄死好了。马上去办，别拖！这多半是只疯狗……请问，这到底是谁家的狗？"

"这好像是席加洛夫将军家的狗！"人群里有人说。

"席加洛夫将军？哦……叶尔德林，替我把大衣脱下来，……真要命，天这么热！看样子多半要下雨了……只是有一件事我还不懂：它怎么咬着你的？"奥楚蔑洛夫对赫留金说，"难道它够得到你的手指头吗？它是那么小！你呢，说实在的，却长得这么魁梧！你那手指头一定是给小钉子弄破的，后来却异想天开，想得到一笔什么赔偿损失费了。你这种人啊……是出了名的！我可知道你们这些东西是什么玩意儿！"

"长官，他本来是开玩笑，把烟卷戳到它脸上去：它呢——可不肯做傻瓜，就咬了他一口……他是个荒唐的家伙，长官！"

"胡说，独眼鬼！你什么也没看见，为什么胡说？他老人家是明白人，看得出到底谁胡说，谁像当着上帝面一样凭良心说话……要是我说了谎，那就让调解法官审问我好了。他的法律上说得明白，……现在大家都平等啦。不瞒您说，……我的兄弟就在当宪兵。"

"少说废话！"

"不过，这不是将军家里的狗，"巡警深思地说，"将军家里没有这样的狗。他家的狗，全是大猎狗……"

"你拿得准吗？"

"拿得准，长官……"

"我自己也知道嘛。将军家里都是些名贵的纯种狗；这只狗呢，鬼才知道是什么玩意儿！毛色既不好，模样也不中看……完全是个下贱胚子。谁会养这种狗？！这人的脑子上哪去啦？要是这样的狗在彼得堡或者莫斯科让人碰见，你们猜猜看，结果会怎么样？那儿的人可不管什么法律不法律，一眨巴眼的功夫——就叫它断了气！你呢，赫留金，受了害，那我们绝不能不管……得惩戒他们一下！是时候了……"

"不过也说不定就是将军家的狗……"巡警把他的想法说出来，"它的脸上又没写着……前几天我在他家院子里看见过这样的一只狗。"

"没错儿，将军家的！"人群里有人说。

"哦！……叶尔德林老弟，给我穿上大衣……好像起风了……挺冷……你把这只狗带到将军家里去，问问清楚。就说这只狗是我找着，派人送上的……告诉他们别再把狗放到街上来了……说不定这是只名贵的狗；要是每个猪猡都拿烟卷戳到它的鼻子上去，那它早就毁了。狗是娇贵的动物……你这混蛋，把手放下来！不用把自己的蠢手指头伸出来！怪你自己不好！……"

"将军家的厨师来了，问他好了……喂，普洛诃尔！过来吧，老兄，上这儿来！瞧瞧这只狗……是你们家的吗？"

"瞎猜！我们那儿从来没有这样的狗！"

"那就用不着白费工夫去问了，"奥楚蔑洛夫说，"这是只野狗！

用不着白费工夫说空话了……既然他说这是野狗，那它就是野狗……弄死它算了。"

"这不是我们的狗，"普洛诃尔接着说，"这是将军哥哥的狗，他是前几天才到这儿来的。我们的将军不喜欢这种猎狗。他哥哥却喜欢……"

"难道他哥哥来啦！是乌拉吉米尔·伊凡尼奇吗？"奥楚蔑洛夫问，整个脸上洋溢着感动的微笑，"哎呀，天！我还不知道呢！他是上这儿来住一阵就走的吗？"

"是来住一阵的……"

"哎呀，天！……他是惦记他的兄弟了……可我还不知道呢？这么一说，就是他老人家的狗？高兴得很……把它带走吧……这小狗还不坏……怪伶俐的……一口就咬破了这家伙的手指头！哈哈哈……得了，你干什么发抖呀？呜呜……呜呜……这坏蛋生气了……好一只小狗……"普洛诃尔喊一声那只狗的名字，就带着它从木柴场走了……那群人就对赫留金哈哈大笑。

"我早晚要收拾你！"奥楚蔑洛夫向他恐吓说，裹紧大衣，接着穿过市场的广场，径自走了。

柔弱的人 俄罗斯 契诃夫

前几天，我曾把孩子的家庭教师尤丽娅·瓦西里耶夫娜请到我的办公室来。需要结算一下工钱。

我对她说："请坐，尤丽娅·瓦西里耶夫娜！让我们算算工钱吧。您也许要用钱，你太拘泥礼节，自己是不肯开口的……呃……我们和您讲妥，每月三十卢布……"

"四十卢布……"

"不，三十……我这里有记载，我一向按三十付教师的工资的……唉，您呆了两个月……"

"两月另五天……"

"整两月……我这里是这样记的。这就是说，应付您六十卢布……扣除九个星期日……实际上星期日您是不和柯里雅一块儿学习的，只不过游玩……还有三个节日……"

尤丽娅·瓦西里耶夫娜骤然涨红了脸，牵动着衣襟，但一语不发……

"三个节日一并扣除，应扣十二卢布……柯里雅有病四天没学习……你只和瓦里雅一人学习……你牙痛三天，我内人准您午饭后歇假……十二加七得十九，扣除……还剩……嗯……四十一卢布。对吧？"

尤丽娅·瓦西里耶夫娜左眼发红，并且满眶湿润。下巴在颤抖。她神经质地咳嗽起来，擤了擤鼻涕，但——一语不发！

"新年底，您打碎一个带底碟的配套茶杯。扣除二卢布……按理茶杯的价钱还高，它是传家之宝……上帝保佑您，我们的财产到处丢失！而后哪，由于您的疏忽，柯里雅爬树撕破礼服……扣除十卢布……女仆盗走瓦里雅皮鞋一双，也是出于您玩忽职守，您应对一切负责，您是拿工资的嘛，所以，也就是说，再扣除五卢布……一月九日您从我这里支取了九卢布……"

"我没支过！"尤丽娅·瓦西里耶夫娜嗫嚅着。

"可我这里有记载！"

"唉……那就算这样，也行。"

"四十一减二十七净得十四。"

两眼充满泪水，长而修美的小鼻子渗着汗珠。令人怜悯的小姑娘啊！

她用颤抖的声音说道："有一次我只从您夫人那里支取了三卢布

"……再没支过……"

"是吗？这么说，我这里漏记了！从十四卢布再扣除……呐，这是您的钱，最可爱的姑娘！三卢布……三卢布……又三卢布……一卢布再加一卢布……请收下吧！"

我把十一卢布递给了她……她接过去，喃喃地说：

"谢谢。"

我一跃而起，开始在屋内踱来踱去。憎恶使我不安起来。

"为什么'谢谢'？"我问。

"为了给钱……"

"可是我洗劫了你，鬼晓得，这是抢劫！实际上我偷了你的钱！为什么还说'谢谢'？"

"在别处，根本一文不给。"

"不给？怪啦！我和您开玩笑，对您的教训是太残酷了……我要把您应得的八十卢布如数付给您！呐，事先已给您装好在信封里了！可是何至于这样快快不快呢？为什么不抗议？为什么沉默不语？难道生在这个世界口笨嘴拙行吗？难道可以这样软弱吗？"

她苦笑了一下，而我却从她脸上的神态看出了一个答案，这就是"可以"。

我请她对我的残酷教训给予宽恕，接着把使她大为惊奇的八十卢布递给了她。她羞怯地点了一下数就走出去了……

我看着她的背影，沉思着：

"在这个世界上做个有权势的强者，原来如此轻而易举！"

幻想曲 俄罗斯 高尔基

在我房间窗外面的花园里，一群麻雀在洋槐和白桦的光秃的树枝上跳来跳去和热闹地交谈着，而且邻家房顶的马头形木雕上，蹲着一只令人尊敬的乌鸦，他一面倾听这些灰涂涂的小鸟儿的谈话，一面妄自尊大地摇晃着头。充满阳光和暖的空气，把每一种声音都送进我的房间：我听见溪水急急的潺潺的奔流声，我听见树枝轻轻的簌簌声，我能听懂，那对鸽子在我的窗檐上正在咕咕地絮语着什么，——于是随着空气的吹荡，春天的音乐就流进我的心房。

"唧唧——唧！"一只老麻雀在对他的同伴说。

"我们终于又等到了春天的来临……难道不是吗？唧唧——唧唧！"

"乌哇——是事实，乌哇——是事实！"乌鸦优雅地伸长脖子，表示了意见。我很熟悉这个持重的鸟儿，她讲话一向简短扼要，而且都不外是肯定的意思。她像大多数乌鸦一样，天生愚蠢，而又胆小得很。然而，她在社会上占有一个美好的地位，每年冬天她都要为那些可怜的寒鸦和老鸽子举行某些"慈善"活动。我也熟悉麻雀，虽然就外表来说，他好像是轻浮的，甚至是个自由主义者，但在本质上，他却是种颇为精明的鸟儿。他在乌鸦旁边跳来跳去，装出尊敬的样子，但在内心的深处，他很知道乌鸦的身份，并且在任何时候都免不了要讲上两段关于她的不大体面的历史。这时，在窗檐上的一只年轻爱打扮的公鸽，正热情地说服那只腼腆的母鸽："假如你不和我分享我的爱情，那我就要因为绝望而苦苦地死——死掉，苦苦地死——死掉……"

"您知道吗，夫人，金翅雀们飞来啦！"麻雀禀报说。

"乌哇——事实！"乌鸦回答道。

"他们飞来啦，吵吵嚷嚷，飞来飞去，唧唧喳喳……这是一群怎样也不能安静下来的鸟儿！山雀们也跟他们一起来啦……正像往常一样……嘿——嘿——嘿！昨天，您晓得，我开玩笑地问过其中一只金翅雀：'怎么，亲爱的，你们飞出来啦？'他毫无礼貌地回答……这些鸟儿，对交谈完全不尊敬他的官衔、称号和社会地位……我呢，不过是一只七等文官麻雀……"就在这时候，从房顶的烟囱后面，突然出现了一只年轻的大公鹅，他压低嗓门报告说："我本着职分所在，细听息于空中、水里和地下的一切生物的谈话，并且严密注意他们的行动，我荣幸地报告诸位，即上述金翅雀们，正在大声地谈论春天，而且他们胆敢希望整个大自然似乎很快就要苏醒。"

"唧——唧唧！"麻雀叫了一声，忐忑不安地望着这个告密者。而乌鸦善意地摇晃着头。

"春天已经来过，而且来过不只一次……"老麻雀说。

"至于讲到整个大自然的苏醒——这……当然，是件令人高兴的事……假如这能得到那些负责主管部门的许可的话……"

"乌哇——是事实！"乌鸦说道，用赏识的眼光瞄了交谈者一眼。

"对于以上所述，必须补充的是，"大公鹅又继续说，"上述那些金翅雀，对他们要饮水止渴的溪流，据说——有些混浊，因而表示不满，其中有几个甚至胆敢梦想自由……"

"啊，他们一向如此！"老麻雀叫喊道。

"这是由于他们年轻无知，这一点也不危险！我也有过年轻的时代，也曾经梦想过……它……"

"梦想过——什么？"

"梦想过宪——宪——宪——宪——宪——"

"宪法？"

"只是梦想过！只不过是梦想而已，先生！不用说——曾经有所梦想过……但是后来这一切都过去了，出现了另外一个'它'、更为现实的'它'……嘿——嘿——嘿！您知道，对不起，对麻雀来说，这是更合适的、更为必要的……嘿——嘿……"

"哼！"突然响起了一阵有威力的哼叫声。在菩提树的树枝上，出现了一只四等文官灰雀，他体谅下情地向鸟儿们点头行了个礼，就叽叽喳喳地叫道："哎，先生们，你们没——没有注——注意到，空气里有股气味吗，哎……？"

"春天的空气，大人阁下！"麻雀说。而乌鸦郁闷不乐地把头一歪，用温柔的声音嘎叫了一声，好像绵羊在哞叫："乌哇——是事实！"

"嗯——是的……昨天在打牌的时候，一只世袭的可敬的鸱鸮也对我讲过同样的话……他说：'哎，好像有股什么气味……'我就回答说：'让我们看一看，闻一闻，弄个明白！'有道理吧，啊？"

"对，大人阁下！完全有道理！"老麻雀毕恭毕敬地表示意见，"大人阁下，任何时候都必须等一等……持重的鸟儿，都是在等待……"

这时，一只云雀从天空飞下来，落在花园里融雪的地面上，他忧心忡忡地在地上跑来跑去，喃喃地说道："曙光用温柔的微笑，把夜空的星星熄掉，……黑夜发白了，黑夜颤抖了，于是沉重的夜幕，如同阳光下的冰块，渐渐消失。充满希望的心儿，透吸得多么轻快，多么甜美，我要迎接朝阳，迎接清晨，迎接光明和自由！……"

"这——这是一只什么鸟儿！"灰雀眯缝起眼睛问道。

"是云雀，大人阁下！"大公鸡从烟囱后面严峻地说。

"是诗人，大人阁下！"麻雀又宽容地补充道。灰雀斜眼看了看这位诗人，叽叽喳喳地叫道："哼……是一只多么灰色的……下流货！他在那儿好像胡讲了一通什么太阳？自由吧？啊？"

"对，大人阁下！"大公鸡肯定了一句，"他是想在年轻的小鸟儿心中，唤起那些毫无根据的希望，大人阁下！"

"即可耻，复又……愚蠢！"

"完全对，大人阁下，"老麻雀应和着。

"愚蠢之极！自由，大人阁下，是某种不明确的，应该说，是种不可捉摸的东西……"

"可是，假如我没有记错的话，好像，你自己也曾经号召大家向往过它？"

"乌哇——是事实！"乌鸦突然叫道。麻雀感到有些狼狈不堪。

"是的，大人阁下，我确实有一次号召过……但那是在可以使罪名减轻的情况之下……"

"啊……那是怎么回事？"

"那是在吃了中饭以后，大人阁下！那是在葡萄酒热气的影响……也就是说，在它的压力之下……而且是有限制地号召的，大人阁下！"

"那是怎么说的？"

"轻轻地说的：'自由万岁！'然后立即大声地补充了一句：'在法律限制的范围以内！'"灰雀看了乌鸦一眼。

"对，大人阁下！"乌鸦回答道。

"我，大人阁下，作为一只七等文官老麻雀，绝不能允许自己对自由的问题采取认真的态度，因为这个问题，并没有列入我荣幸任职的那个部门的研究范围之内。"

"乌哇——是事实！"乌鸦又叫了一声，要知道，不管她肯定什么，对她反正都是一样。这时，一条条溪水正沿着街道在滚流，它们轻声唱着关于大河的歌曲，说它们在不远的将来，在旅程的终点，将合流到大海里去："浩荡的、奔腾的波浪会迎接我们，拥抱我们，把我们带进大海里去，也许，太阳的炎热的光线，又会把我们重新送上天空，而从天空里，我们又会重新在夜里化成寒冷的露水，变成片片的雪花或者是倾盆大雨落到地上……"太阳啊，春天灿烂的、温暖的太阳，在明亮的天空里，用充满爱的和炽燃着创造热情的上帝的微笑，在微笑着。在花园的角落里，在老菩提树的树枝上，坐着一群金翅雀，其中有一只带有鼓舞力地、正向同伴们唱着他从什么地方听来的一首关于海燕的歌。

快乐 俄罗斯 库普林

一个大皇帝召他国中的许多诗人和哲人到他的面前。他用这个难题问他们："怎样才是快乐的？"第一个人慌忙答道："是这样，要常常能看见上帝般的脸上的光辉，还要永远感觉。"

大皇帝冷冷地说道："挖去他的眼睛。换一个上来。"

第二个上前高声奏道："有权力才是快乐。您大皇帝陛下，是快乐的。"

但是皇帝答了他一个苦笑说："不相干，我身子害病，可没有权力去医好他。拔去他的鼻子，这个光棍。换一个。"

接着上来的害怕地说道："快乐就是财产。"

但是皇帝答他说："我很富有，却偏是我问这句话。给你一块黄金和你的头一样重好不好？"

"啊呀，陛下！"

"你应该得的。替他在头上缚一块黄金和他的头一样重，把这个叫花子抛在海里。"

皇帝焦躁着喊道："第四个。"

于是有一个人穿着褴褛的衣服、火红着眼睛匍匐上前，吃吃地说道："唉！至聪明的陛下！我盼望得很少。我很饿，给了我满足，我就可以快乐了，要跑遍天下去传扬陛下的仁德。"

皇帝很嫌恶地说："喂他，他若饱死了的时候，报给我知道。"

又另外上来了两个，一个是壮健的运动家，玫瑰红的肌肤，低平的额头。他叹息一声说道："快乐是在诗的中间哩。"

还有一个是枯瘦憔悴的诗人，两颊正在发烧，他说："快乐是在健康中间。"

但是皇帝惨然微笑告诉他们说："我若有本领交换了你们两个人的命运，那么，诗人啊，你不到一个月就会哀求要才思。而你，海格尔士（古勇士）的化身，就要到医生那边去讨丸药请他减轻你的体重了。都安安稳稳的去吧。还有什么人？"第七个身上佩着水仙花傲然的喊道："还有一个浮生在此。快乐是在太虚之中的。"

皇帝懒懒的传谕道："割去他的头。"

那蒙罪的人立刻变得比他的水仙花更灰白了。他哆嗦地说道："皇帝，皇帝陛下，饶恕我吧！我说的不是这个意思啊。"

但是皇帝很厌倦地摇他的手，呵欠着柔声说道："带他下去，割去他的头。皇帝的话是和玛瑙一般硬的。"

又来了许多旁的人。有一个人只说了几个字："女人的恋爱。"

皇帝准了他，说道："很好。把我国境内最美丽的妇人和女郎挑一百个给他。但是再给他一杯毒药酒。等那时候到了来报给我知道，我要看看他的尸体。"

另一个说："我所有的欲望若能立刻办到，那就快乐了。"

皇帝很狡猾的问他："那么你现在有什么欲望呢？"

"我么？"

"是啊，你。"

"陛下……这问题太出我意料之外了。"

"活埋了他。唉，还有聪明的人么？好，好，走近些，你恐怕知道快乐在哪里吧？"这聪明的人——因为他实在是一个聪明的人——答道："快乐是在人类思想的可爱。"

皇帝的眉毛皱锁了，他怒声喊道："呵！人类思想！什么是人类思想？"但是这聪明的人——因为他真是一个聪明的人——只温然的

精彩绝伦的微型小说

微笑，并不回答。于是皇帝命令他到地下的监狱里，那边只有永远的黑暗，并且没有一些外边的声音可以给他听见。一年之后，他变了聋盲的人，并且不能站立了，他们带他去见皇帝，他在回答皇帝"哦，你现在还快乐么？"那个问题时，用了下面这几句话："是的，我快乐。在牢狱的时候，我是一个皇帝，是一个富人，是在恋爱之中，我饱食，我饥饿——凡这些都是我的思想给我的。"

皇帝很不耐烦地喊道："那么，思想到底是什么东西呢？你好生记着，再延长五分钟我就要绞死你，把唾沫唾在你那张狗脸上。到那时你的思想还能够安慰你么？到那时你在地面上浪费的思想还能够存在么。"

这聪明的人坦然回答，因为他是一个真聪明的人，说："蠢材，思想是不朽的。"

门槛 俄罗斯 屠格涅夫

我看见一所大的建筑。正面的一道窄门大大地开着。门里是浓密的暗雾。高高的门槛前面站着一个女郎……一个俄罗斯的女郎。深暗的浓雾里吹着雪风，从建筑的深处透出来一股冷气，同时还有一个缓慢的，重浊的声音。

"呵，你想跨进门槛来做什么？你知道里面有什么东西在等着你？"

"我知道。"女郎这样回答。

"寒冷，饥饿，憎恨，嘲笑，轻视，侮辱，监狱，疾病，甚至于死亡？"

"我知道。"

"和人疏远，完全的孤独？"

"我知道，我准备好了。我愿意忍受一切的痛苦，一切的打击。"

"不仅是你的敌人，而且你的亲戚，你的朋友都给你这些痛苦，这些打击。"

"是……便是他们给我这些，我也要忍受。"

"好。你准备牺牲吗？"

"是。"

"这是无名的牺牲！你会灭亡，甚至没有人……没有人知道，也没有人尊崇地纪念你。"

"我不要人感激，我不要人怜悯，我也不要声名。"

"你还准备去犯罪？"

女郎低下了她的头。"我也准备去犯罪……"

里面的声音暂时停住了。过后又说出这样的话语：

"你知道将来在困苦中你会否认你现在有的这信仰，你会以为你是白白地浪费了你的年轻的生命？"

"这一层我也知道。我只求你放我进去。"

"进来吧。"

女郎跨进了门槛。一幅厚的帘子立刻放了下来。

"傻瓜！"有人在后面这样嘲骂。

"一个圣人。"不知从什么地方传来了这个回答。

生命的五个恩赐　美国　马克·吐温

一

在生命的早晨，善美的仙女挎着篮子走过来说：

精彩绝伦的微型小说

"这是给你的礼物。拿一件，把其余的留下。要当心，要用智慧挑拣；呵，用智慧挑拣！因为其中只有一件有价值。"

礼物有五件：名望、爱情、富贵、享乐、死亡。年轻的生命迫不及待地说了声"无须考虑"就拿走了享乐。

他走出家门，到世界上寻找年轻的生命追求的种种享乐。然而每每到来的享乐都是转瞬即逝而令人失望，徒劳一场而荡然无存；每一次都把他捉弄一番而悄悄溜走。到了最后，他说："这些年华我都浪费了。只要我能再次挑拣，我一定用智慧挑拣。"

二

仙女来到面前说：

"礼物还剩下四件。再挑拣一次吧；呵，记住——时光正在飞逝，而其中只有一件是珍贵的。"

成年人考虑了很久，然后拿走了爱情；他并不理会那涌上仙女眼中的泪水。

许多许多年之后，那人守着空荡荡的家，坐在一具灵柩旁。他默默地自言自语道："她们留下我，一个接一个地走了；现在，她躺在这里——我最心爱的，也是最后的一位。我一次又一次忍痛哀伤；为了那奸诈的商人——爱情——卖给我的每一小时幸福，我都付出了一千小时悲痛。我刻骨铭心地诅咒他啊。"

三

"再挑拣吧。"这是仙女在说话，"岁月已把智慧教给了你——想必一定是这样。还剩下三件礼物，其中仅有一件有价值——记住我的话，小心地挑拣吧。"

那人考虑良久，然后拿走了名望。仙女叹息着走开了。

若干年过去，她又来了，站在那人身后——他正独自坐在暮日里，思绪万千。她明白他在想什么——

"我的名字充满了世界，每一个人都对它赞不绝口，然而顺风如意就那么一阵子。多么短暂的一阵子啊！接踵而来的是妒忌；然后是贬损；然后是诽谤；然后是仇恨；然后是迫害。后来是嘲笑——终局的前兆。最后到来的是怜悯——名望的葬礼。哎，又苦又惨的名誉啊！声名大振时诽谤的目标，声名狼藉时蔑视与怜悯的对象。"

四

"再挑拣一次吧。"传来仙女的声音，"还剩下两件礼物，但不要失望。一开始就只有一件是珍贵的，现在它还在这里。"

"富贵——富贵就是力量！我真瞎了眼！"那人说，"哎，到头米，毕竟不枉此生。我要花，我要挥霍，我要炫耀。这些嘲笑和看不起我的人都将在我面前的脏土地上爬行，我要用他们的艳羡来满足我那饥渴的心房。我将拥有人所珍视的一切奢华、欢心、销魂之乐，一切肉体的满足。我将要买，买，买！买来尊重，买来仰慕，买来敬畏，买来崇拜——买下这个庸俗的世界所能提供的一切虚伪荣耀。我已经失掉许多时间，在此以前挑拣得太糟糕，但是，让它去吧，我那时太无知，只会看着什么最好就拿什么。"

短短的三年过去了，这一天终于来到——那人坐在一贫如洗的阁楼上瑟缩一团；他形容枯槁，苍白无力，两眼深陷，身着破衣烂衫；他一边嚼干面包皮一边咕哝着：

"那些该诅咒的世间的礼物啊，全是愚弄人的货色，镀金的谎言！并且都叫错了名字，件件如此。哪里是什么礼物，全都是债。什么享乐、爱情、名望、富贵，它们只不过是永恒的现实中一时遮掩痛苦、悲伤、羞愧、贫穷的假面具。仙女的话千真万确；在她收藏的所有物品中，最珍贵的只有一件，其余全是毫无价值的。我现在明白了，与那件珍贵、甘美、仁慈而将折磨肉体的痛苦、将吞噬理智与热诚的羞愧和悲伤统统送入无梦长眠的无价之宝相比，其余那些竟是多么可怜、低劣而又鄙陋不堪！把它带来吧！我厌倦了，我要永远安息。"

五

仙女来了，又带来四件礼物，唯独缺少死亡。她说：

"我把死亡给了一位母亲的爱子，是个小娃娃。他不懂事，只是相信我，请我为他挑拣。你却没有请我挑拣。"

"噢，多么凄惨的我呀！那么为我留下了什么？"

"你应得而尚未得到的：恣意亵渎的老年。"

没有锁上的门 美国 罗伯特·斯特恩德利

在苏格兰南部的港城格拉斯哥，有一个十几岁的姑娘，她最讨厌父母对她的管束，也不接受家里的宗教信仰。她对父母说："我可不想要那个——上帝，我烦死你们了，我要过自己的生活！"然后她就偷偷地离家出走了。

她立志要当一个自立的女人，一个不受别人约束的人。可是没有多久她就认输了，因为她没有什么特殊的技能，根本就找不到工作。本来回家去向父母认个错，这也没什么大不了的。可她是个特别倔强的孩子，宁死也不愿向父母低头。最终，穷途潦倒的她只得走上街头，当了一个妓女。

时间转瞬即逝，十年过去了。姑娘的父亲在失去女儿的忧郁中死去了，母亲的头发在对女儿的思念中变白了，姑娘在那肮脏的环境中越陷越深，不能自拔。

姑娘和家里完全没有联系，母亲却在家中耐心地等待着女儿的归来。一天，当母亲终于得知女儿的一丝线索时，她便来到这个城市的贫民区，到一个个救助机构去寻找，仍然是音信全无。最后可怜的母亲向他们提了一个简单的要求：能把这张照片贴到布告板上吗？这是母亲的照片，面带慈祥的微笑，头发灰白。照片的下面有一行字：我像以前一样地爱你，回家来吧。

几个月过去了，没有一点消息……

终于有一天，姑娘身无分文了，为了得到一顿免费的晚餐，她走进了一家救助机构。她懒洋洋地坐在桌前，跷着二郎腿，时不时地打量着周围。突然，她的视线在布告板上停住了，她看着那张照片，心想：怎么那么像我妈妈呀？

姑娘顾不得那刚刚摆出来的热腾腾的饭菜，不由自主地走到布告板前。她几乎僵在那里，"真的是妈妈！天哪，她的头发都白了。"当姑娘看清了照片底下的那行字时，她禁不住泪流满面。

除了回家，她已别无选择。回家心切的姑娘连车票也买不起，三十多公里的路程，她只能靠自己的双脚了。

寂静的黑夜里，姑娘不停地走着，她一点也不害怕。她的眼前不停地浮现出和父亲母亲在一起的美好情景，一股股暖流涌上心头。

天蒙蒙亮时，她到了家门前。心头忽然一阵胆怯，不知该怎么做了。在门口犹豫了好一会儿，她才举起手去敲门，可刚一碰到门，它就自己打开了。姑娘心里十分紧张：出了什么事？她赶紧冲进屋里，跑到母亲的床前，却发现母亲正安详地睡在床上。她禁不住摇醒母亲："妈妈，妈妈，是我，我回来了。"

母亲闻声醒来，两人紧紧地拥抱在一起，失声痛哭了好一阵子。之后，姑娘哽咽着说："我看……门……开着，以为出了什么事……"

母亲擦了擦泪水，笑着说："什么事也没有。从你离开家的那天起，这门……从来就没有锁上过……"

精彩绝伦的微型小说

爱的磨难 美国 欧·亨利

乔从中西部来到纽约，梦想当画家。迪莉娅从南部来到纽约，梦想搞音乐。乔和迪莉娅是在一间画室里相见的。不久以后，他们结了婚。

他们居住的只不过是一套狭窄的房间，却生活得很幸福。他们互敬互爱，而且双方都热衷于艺术。他们生活中的每一件事都是顺心满意的，但他们发现已经花完了所有的钱。迪莉娅决定去做家庭音乐教师。一天下午，她对丈夫说："乔，亲爱的，我找到一位学生了，一位老将军的女儿。她是位性情温柔的姑娘。一星期教三节课，一节课五美元。"

但是，乔并不高兴。"我干些什么呢？"他说，"你以为我可以眼睁睁地看你工作而自己却轻松地搞自己的艺术吗？不，我也要挣钱。"

"亲爱的，你真傻。"迪莉娅说，"你必须继续练习绘画。我们一周有十五美元，会生活得很幸福的。"

"或许我还能卖掉一些我画的画哩。"乔说。

每天，他们早晨分手，晚上相见。一星期过去了，迪莉娅带回家十五美元。她却显得有些疲惫。

"克莱门提娜有时使我感到烦恼，她不下苦功夫练习。但是，那位将军真是一位最可爱的老人，我多么想你能见他一面呀，乔。"

这时，乔从口袋里摸出十八美元。"我卖给了一个来自皮奥里亚的人一张我画的画。"他说，"他还订购了另一张。"

"我太高兴了。"迪莉娅说，"三十三美元！以前我们从没有这么多的钱去花费。今晚我们将吃一顿丰盛的晚餐了。"

第二个星期，乔回到家，把又得到的十八美元放在桌子上。过了半小时，迪莉娅回来了，她的右手上缠着绷带。

"你的手怎么了？"乔问道。迪莉娅笑着说："噢，克莱门提娜递给我一盘汤时，一些汤溅到我手上。"

"你今天下午什么时间烫着手的，迪莉娅？"

"我想大概是五点钟吧。那把烙铁……我意思是说那盘汤……是在五点左右备好的。你问这个干吗？"

"迪莉娅，来，坐在这儿。"乔说着把她拉到长沙发上，并且坐在她身边。

"你每天都干了些什么，迪莉娅？你真的在做家庭音乐教师吗？告诉我实话。"她哭了起来。

"我找不到一个学生。"她诉说道，"所以，我就在一个洗衣坊里找到一份工作：熨衬衣。今天下午，一个女孩把一只烙铁放在我的手上，把我重重地烫了一下。但是，告诉我，乔，你是怎么猜出我不是在做家庭音乐教师呢？"

"很简单。"乔说，"我知道关于你绷带的所有来历，因为是我把它们送给楼下洗衣坊的一个小女孩的，她用热烙铁烫坏了别人的手。你明白了吧，我也在你工作的洗衣坊里的动力机房里工作。"

"那么，你画的画呢？你卖给那位来自皮奥里亚的人了吗？"

"算了吧！你的将军和他的克莱门提娜是无中生有的，那么，我那位来自皮奥里亚的人也是胡说的。"

接着，两人大笑起来。

我已经祈祷过了

美国　玛萝·托马斯

这是一个矿难现场，三十八名矿工受困在地底。

昼夜不停的白雪逐渐掩盖了一切，包括为媒体所架设的电话亭。天太冷了，我跟摄影师卡塞尔轮流替摄影机保温，每晚与 CBS 电视台连线，为《今夜世界新闻》节目提供报道。就在这时二十七岁的我发现了一个在电视新闻界大展身手的绝佳机会。

当参加与救援的矿工相互替换着休息时，他们就会聚在一起烤火，火花随着雪花四处飘零，热气与黑烟冉冉上升，而那名三十多岁的牧师，就在这时开始祈祷："以上帝之名，我们在此祈祷……"当牧师祈祷时，矿工们开始唱起诗歌：

何等朋友我主耶稣，

担我罪孽负我忧，

何等权利能将难处，

到主面前去祈求。

山区居民的虔诚信仰，噙着泪水的妇女与小孩，从天而降的皑皑白雪，以及从没听过的新教徒圣经诗歌。场面是如此动人，我已在心中盘算好如何呈现完美的特写报道。这则报道会在 CBS 电视新闻中播出，我的声音将穿越美国大陆，回荡在农场、都市高楼大厦及西半球的酒店客栈，遍布世界各地。

我的美梦没能持续太久，由于天气太冷，机油冻结，摄影机发出"嘎嘎"声。我无助地站在原地，任凭这神圣的一刻在我眼前结束。没有画面，没有特写，轰动世界的名声便成了妄想。我赶紧把摄影机挪向烤火桶，摄影机重新恢复正常。我立刻采取行动。

"牧师，"我恭敬地说，"我是 CBS 新闻的菲尔·唐纳休，我们的摄影器材刚才出了点问题，所以没有拍到您完美的祈祷。现在机器恢复正常了，我想冒昧地请您重复刚才的祈祷，我会请矿工们再唱一次诗歌。"

牧师一脸困惑。"可是我已经祈祷过了，孩子。"他说。

"牧师，我是 C—B—S 新闻的记者。"我特别强调了自己的身份。

"我已经祈祷过了，"牧师回答，"再祈祷一次是不对的。这样做不诚实。"

我真不敢相信我所听到的话。不能再祈祷？拜托。我亲眼见过太多重复的祈祷，无论是坠机或是各种重大灾难的现场，都有牧师、神甫或电视台记者二度洒圣水。这家伙究竟有什么问题？

"牧师，"我还是不放弃，"CBS 的二百多个联播网电视台，都会播出您的祈祷。千万名观众都将目睹与聆听您的祈祷，与您一同祈求上帝拯救受困矿工。"我大言不惭地恳求。为了新闻的轰动效应，我已经不择手段了。

"不，"他说，"这样做不对！我已经向上帝祈祷过了。"他转身离去，留下 CBS 新闻小组颓丧地伫立在雪地里。

我花了很长的时间才想通这件事。几个月后，我突然发现，那位牧师不愿意跟耶稣再来一次，不愿意为我再来一次，不愿意为那些客栈酒店再来一次，也不愿意为"遍及世界的千万人"再来一次。他展现的，正是我毕生所见到的最伟大的道德勇气。

梦想者 美国 阿尔弗莱德·科波

两个火箭分开半英里耸立着，而梦想者开始了他可怕的梦魇……在沙漠里黄铜色的天空下，这两个耸立的火箭看起来又高又亮。丹比穿着他笨重的压力装，站在那里看着它们。他的心在唱歌："这就是我生来要追寻的……"他让他的想象力奔驰，想象自己已经在空中，狂饮着造物者的荣耀。

"太阳和星星在紫色的天空中一起闪耀着，而在下面的地球只是一堆绿尘……"他想。佛得曼碰了碰他的肩膀。

"准备好了吗？"丹比回到现实并点点头。他随着佛得曼和一小群技师穿过沙漠向火箭走去。发射器的内部就像一个冷冷的洞穴一样。丹比让他自己融入那冷冷的气息中。他拉下一个手套，露出手臂让佛得曼注射。这个精神医生安静地准备注射器。现在，他转身向下看着丹比。

"好了，可以打针了。"

他安静地说。针扎得很深。

"这会让你在最难过的那段时间好好休息。"

技术人员完成了他们的检查。他们一个接一个地走过来祝福丹比，然后鱼贯走进炽热的日光中。

"你很确定，对不起？"佛得曼问，"你真的要去吗？"

"天啊！"丹比想，"他竟然问我要不要去！我一生等待的就是此刻。从有记忆以来，我就梦想着它，为它而活，佛得曼竟然问我要不要去！"

"是的，"丹比说。

"我要去。我赢得这个权利了，对不对？"精神医生虚弱地笑一笑。

"你赢得这个权利，这是没有疑问的。但，孩子，想一想，你一生在追求一个梦，现在你正好抓到它，你花了许多年梦想你会是第一个上月球的人，但……"

"佛得曼，听着，"丹比用紧张的声音说，"自我有记忆以来，我一直为这个目标努力着。甚至当我还是个孩子时，就因此被讥笑，被排斥。我是不同的。我总是很孤单，只有这个梦才是我的伙伴。我现在有了这个机会，你能问我是不是要它吗？你问得一点道理都没有。为什么你不干脆问我要不要呼吸？"

佛得曼瞥了一眼他的表。"你还有时间改变主意，你是知道的。有一位后备太空人也准备好了。"

丹比转开他的脸。"他实在太过分了，分明是看不起我……"他想。他希望这个昏庸的笨医生能出去，让他静一静。

"你活在幻想中，"佛得曼追问着，"这是为什么你总是很孤单，对不对？"

丹比没有回答，佛得曼挖得太深了。孤单……他太了解那种感觉了，它就像一股寒气爬上他的心头。记忆的碎片割得他流血。他以前太孤单了。他的梦使得他被排斥，因此他只好转而内求，寻求他的梦想的陪伴。但外在世界还是不停地在伤害他。他记得他的母亲问："为什么你老是看书？而且看些垃圾！为什么你不出去和其他的孩子玩？"他能告诉她他只希望有一天能站在另一个星球的土地上，然后看着地球在天空中吗？在十二岁的年纪？她总是讥笑他。还有他父亲。

"我们有一天能上月球吗，爸爸？"

"孩子，不要问那么笨的问题……"

"你认为这就是答案了，对不对？"佛得曼的声音继续响起，就像夏天里的蜜蜂的嗡嗡声一样。

"你会不会又像小时候一样恐惧孤单呢？你不怕在空中只有你自己一个人吗，丹比？"

"为什么他一直激我？"丹比气愤地想。"闭上你的嘴出去吧！"他对着佛得曼叫道，"让我一个人在这里，一个人，一个人，一个人……"他的思想在说话。

"好吧！孩子，我很抱歉。"

佛得曼笨拙地在他的肩膀上拍了拍。他从架子上拿下头盔，轻轻地戴在丹比的头上。

"我不是故意让你难过，"他说，"只是我们必须确定……"他走到活门又转头说："对不起，丹比。"然后走了出去。

丹比半昏迷地躺着，等待着火箭发射而来的震动。终于来了，他觉得压力变大，胸口很痛；太空装拉紧时，他的肉被扯得很痛。然后是一片漆黑。只有一小点光线在他自己的宇宙里燃起。只有他看得到。他在黑暗中醒来，心快速地跳着。成功了！梦想终于成为事实了。他吃力地移动，因为火箭的推进力震动太大。他起身做第一次视察，当他从望远荧幕上看到太阳和星星在黑色的天空中闪耀时，他叫了出来。这个天空比他所想象的要大得多，冷得多。有一种无边际，黑绿交接的感觉紧抓着他的喉咙。回忆又像潮水一般涌来。

"爸爸，我们会到月球去吗？"

"别傻了，孩子！"他想起回忆的苦楚。但他更惊异地发现他竟紧抓着回忆不放。在这无边际的空寂中，他充满了对人类的回忆，对地球的回忆。一个接一个地，他操作其他荧幕，直到最后被这像玻璃一般透明的空间包围。星星又远又冰冷，太阳也很遥远。一阵强光刺痛了他的眼睛，丹比突然觉得他在往下掉，掉向一个无边际的黑暗世界。他爬到躺椅，紧紧地抓着，呼吸压迫着他的喉咙。他觉得——孤单。然后他看到地球，它是个绿色，被云包着的球体——不真实而遥远。他感到一种疯狂，无理智的恐惧。

"这跟梦想中的一点都不像，"他狂野地想着。在梦里，他一点都不害怕。梦里只有荣耀和得意，没有这些广大的空寂和隐藏的、折磨人的——孤单！丹比尖叫着。叫声在他的头盔回响，更增加了他的恐惧。他不停地尖叫又尖叫……当活门打开时，他还在尖叫，心理医生们把手按住他，然后把他带出去，到沙漠的阳光下。

"我曾试着警告你，"佛得曼很温和地说，"但就像你说的，你赢得这项权利去尝试。"

从医院病床上那虚弱的个体传来弱小的声音："都是骗人的，全部都是——这是个诡计。"

佛得曼摇摇头。

"并非如此。那些景象是人造卫星实地拍摄的，震动效果则是离心力的两倍。这整个设备只是人造的训练仪器，用来淘汰明显不合适的人。"

丹比严厉地说："就像我……"

"恐怕是，我的孩子。你看，太空飞行不适合孤单、敏感或想象力丰富的人。这些人都会受不了的。"

佛得曼站了起来。

"星星只属于那些呆板、无聊的人，他们可以面对任何孤单。对他们而言，没有意义也没有恐惧。"

他可以听到丹比压抑的哭声，在门口站了好一会儿后，看着这心碎的人躺在白色的病床上，他伤心地摇摇头说："星星、太阳是不属于你的，你有太多的梦想，太深的感情……"

"而这些梦，不适合爱做梦的人，因为破碎后，永远难以补偿……"

快乐时光 美国 艾萨克·阿西姆

关于那件事情，玛姬当天晚上就把它写在日记里了。

"公元二一五五年五月十七日，"她开始这么写，"今天汤米发现了一本真正的'书'!"那是一本非常古老的书。玛姬祖父曾经对她说过，在她的祖父的少年时代，他的祖父告诉他曾经有一个时代所有的故事都被印刷在纸张上。他们翻阅那些黄渍起皱纹的纸张，对他们而言，这实在是一件有趣的事，当他们发现所有的字都被固定在纸张上，不同于平时他们在荧幕上所阅读的移动资讯。而且，当他们翻回到先前读过的那一页时，竟然发现那些字和第一次读到的时候一模一样！"对你而言，"汤米说，"这也许是一种浪费。当你看完这本书时，我猜你一定会把它丢掉。我们的电视荧幕上有超过一百万本的书，而且它可以不断地补充。然而，我不会这么做。"

"我也是啊！"玛姬说。她才十一岁，读过的书远少于汤米。因为汤米已经十三岁了。她说："你在哪里找到的？"

"在我家，"他专心地阅读着，头也不抬地回答，"在我的阁楼上。"

"它里面说些什么？"

"学校。"

玛姬开始对它觉得轻蔑："学校？到底有什么好写的，我讨厌学校。"

玛姬一直不喜欢上学，但此时她比以前更讨厌学校了。数学老师曾经给她一连串的几何考试，而她的成绩却一直每况愈下，终于她的母亲禁不住叹息地摇着头，替她请了一位督学官。那位督学是一位红脸的小胖子，随身带着一只装满电线、指针盘的工具箱。他面带笑容，给了她一个苹果，然后就把她的数学老师分解。然后他开始组合他的新数学工具，玛姬一直希望他无法组成，但是他办到了，大约一小时之后，那台熟悉的、又大又黑又丑恶的机器又出现在眼前，它的荧幕上，同样出现了所有的课程以及许多烦人的问题。那还不算什么，她最讨厌的是那个她要投入作业和考试卷的投入孔。她必须使用六岁时学会的打孔密码来解答问题，然后数学老师立刻就把作业改好，算出分数。当她做完作业时，督学先生对她微笑并轻拍她的头。他对她的母亲说："这并非孩子的错，琼尼斯太太。我想，几何学现在对她而言是有一些艰涩，小孩有时候会不太适应，不过没关系，我已经制定了一个十年的学习计划书。事实上，她整体的进步相当令人满意。"

然后他又拍了一下玛姬的头。玛姬失望透了。她一直希望能把所有的老师全部赶走。汤米就曾经有过一个月的时间不必受老师的逼迫，那是在历史课程暂时结束的时候。所以她现在对汤米说："为什么还有人要写学校的事呢？"汤米用一种优越感的眼光看着她。

"因为那是一种不同于我们的学校，傻瓜。这是数百年前的那种学校。"

他轻松地用一种清楚的声音补充说："好几个世纪以前呢！"玛姬有一种被伤害的感觉。

"好吧！就算我不知道那么久以前他们到底有怎样的学校，"她靠在他的肩膀上读着那本书，然后说，"不论如何，他们还是有老师啊！"

"他们的确有一个老师，但'它'不是正式的老师，而是一个'人'！"

"一个人？人怎么能作为一个老师呢？"

"嗯——他会教学生们各种事物，然后吩咐家庭作业和问各种问题。"

"可是人不够聪明啊！"

"当然够！我父亲的知识和我的老师一样多。"

"不可能的，人的智慧不能和老师比！"

"他差不多可以了，我打赌！"玛姬不想在这件事情上做争论，她说，"我才不要一个陌生人跑到我房里来教我。"

汤米哈哈大笑地说："你了解得太少了，玛姬，那位老师不会住

精彩绝伦的微型小说

在你的房子里。而是有一栋特别的建筑让所有的孩子去那里上课。"

"难道所有的孩子都学一样的东西吗？"

"就同年龄的孩子而言，是的！"

"但是，我妈妈说，老师应该自我调整去适应每一个孩子的心灵，所以每个孩子都要用不同的方法来教育。"

"不论如何，当时他们不用这种方法，如果你不喜欢，你可以不要念这本书啊！"

"我没说不喜欢嘛！"玛姬立刻回答。她真的很想知道那些有趣的学校的事情。他们还念不到一半的时候，玛姬的母亲便开始叫唤他们了："玛姬，上课时间到了！"玛姬抬起头说："还没有啦，妈！"

"现在，"琼尼斯太太说，"也该是汤米上课的时间了。"

玛姬对汤米说："下课之后，我可以再和你一起念这本书吗？"

"大概可以吧！"汤米不太乐意地回答。他手臂底下夹着那本破旧的书，一边吹着口哨一边离开。玛姬走进了教室。它就在卧室的隔壁。此时数学老师已经打开，正在等着她。除了周末和星期日，它每天总是定时开机，因为玛姬的母亲认为定时规律的课程有助于孩子的学习。荧幕上出现了字幕，它说："今天的算术课程是真分数的加法。请把昨天的作业放进投入孔。"

玛姬一边照着它的指示行事一边叹着气，她一直想着她曾祖父的祖父少年时代的那种学校——所有附近的孩子们一起上学，在校园里嬉戏、欢笑，在教室里排排坐，放学以后一起回家。大家学一样的东西，然后便可以一起写作业，一起讨论问题。而且，他们的老师都是"人"。数学老师在荧幕上闪烁着"真分数二分之一加四分之一……"玛姬幻想着古时候的孩子该会多么喜欢上学，不禁羡慕着他们的快乐时光。

给心灵装爱的程序 美国 史蒂文·卡维

　　某日，一位神色黯然的客户走进一家安装人类程序的软件公司，请求工程师帮他排除烦恼。因为最近一段时期，在他与别人交往的时候，他的系统经常死机。他讨厌身边的每个人，说亲朋好友们都在莫名其妙地远离他！软件工程师听完他的倾诉，启动了他的人体机器，进入他的心灵认真检查，几秒钟后，工程师安慰他说没出什么大毛病，只是他的心灵存储器中丢失了 love. exe 程序。于是，工程师耐心指导客户按步骤在心灵中安装爱的程序。

　　工程师：首先请打开你的心灵，现在，你在心灵的位置了吗？

　　客户：是的，我进入了"我的心灵"，但是这里有几个文件正在运行，在它们运行的同时我可以安装 love. exe 程序吗？

　　工程师：请问是哪些文件？

　　客户：稍等，是我以前安装的"怨恨文件"、"往日伤痛文件"、"自卑文件"和"嫉妒文件"，这些文件正在运行。

　　工程师：安装没有问题。只是你必须马上将"往日伤痛文件"从你的操作系统中删除，这样，love. exe 程序才可以无障碍地自动安装起来，并且将永久性地保存在你的内存中，完全不会妨碍其他程序的运行。同时，在 love. exe 程序安装的过程中，它会利用自身携带的一个叫做"自信"的文件覆盖掉你系统里的"自卑文件"。最后，你还要把"嫉妒文件"和"怨恨文件"的运行窗口关闭，因为这两个文件的运行会阻止 love. exe 程序的正常安装，你能关闭它们吗？

　　客户：对不起，关闭无效，请帮我一下吧！

工程师：好的，请返回你的"心灵主菜单"，调出一个名为"宽容"的文件来，你可以根据自己的安装需要，反复调用多次，直到把"嫉妒文件"和"怨恨文件"彻底从你的心灵中清除。

客户：好极了，我完成了！现在我看到 love.exe 程序正在安装呢。

工程师：请注意，几秒钟后，你会从桌面接收到一条新信息，它将提示你："当前系统重新配置了你的心灵，配置完毕！"你看到了吗？

客户：我看到了，这意味着 love.exe 程序已经安装完了？

工程师：是的。不过你刚才仅仅是在本地机器中安装了 love.exe 程序，只有将你本地机器中的 love.exe 程序同其他的人类机器的心灵连接在一起，你的 love.exe 程序才能不断升级。

客户：不好了！我的安装桌面显示一条错误信息！

工程师：请念。

客户："程序无法在网络中运行"，这是什么意思？

工程师：不必担心，这只是一个一般常见错误。是说目前 love.exe 程序只是在你的心灵外部运行，还无法真正运行在你自己的心灵世界中。这是一个复杂的过程，用非技术性语言解释就是，在你爱别人之前，必须要先爱你自己。

客户：那么下一步我应该如何操作呢？

工程师：不用着急，请进入名为"自我认可"的目录中。

客户：好啦，我已打开了这个目录。

工程师：请点击该目录的以下文件，它们是："宽容文件"、"自信文件"、"实现自我价值文件"以及"仁爱文件"，将它们全部选中后，复制到"我的心灵"的文件夹中，拷贝完毕后，你的心灵系统将自动删除某些不兼容的文件，如"自私文件"、"伪善文件"等，同时修复程序运行中出现的故障，最后不要忘记将"自我苛刻文件"从当前目录中删除！

客户：我成功了！现在桌面显示："我的心灵"已经安装了正版的 love. exe 程序！系统提示"微笑文件"启动了，同时，"热情"、"友好"以及"满意"三个文件正在"我的心灵"中运行呢！

工程师：恭喜你，系统已经顺利安装了 love. exe 程序！故障解除了，但最后，我可要提醒你一句。

客户：什么？

工程师：记住，爱是一种免费软件，你完全可以慷慨大方地把爱的各种指令赠送给那些你遇见的人，爱会在人类灵魂间传播、共享，当爱的指令把一个人的心灵同另一个人的心灵链接在一起的时候，love. exe 程序会自动在彼此心灵间升级。用非技术性语言解释就是，只有当你把自己的爱给予别人的时候，你才能得到别人的爱！

客户：多谢，我会的！

免费 美国 雪莉·恺撒

一天晚上，我正在准备晚饭。我的十岁的儿子走进厨房递给我一张纸，他在纸上写了一些东西。我在围裙上擦了擦手，仔细地看了看，上面写着：

割草，五美元；这一周整理自己的床铺，一美元；

去商店，五十美分；你去购物我照看小弟弟，二十五美分；

倒垃圾，一美元；取得了优秀的成绩，五美元；

还有打扫院子，二美元。

看着他满怀期待地站在那里，千万个记忆一瞬间闪过我的脑海。我接过那张纸，翻到背面，在上面写道：

怀你九个月，免费；

为你熬夜，请医生为你看病，免费；

多年来花在你身上的时光、为了你流过的泪、抚养你成长所付出的一切，免费；

日日夜夜为你担忧，将来还要为你操心，免费；

给你忠告和教你知识，供你上学，免费；

给你买玩具、食品、衣服，为你擦鼻涕，免费；

儿子，当你把这些都加到一起时，妈妈付出的所有的爱都是免费的。

看完之后，儿子的眼睛里噙满了大滴的泪水。他望着我说："妈妈，我真的很爱你。"说着拿起笔在纸上写下了很大的几个字："账已付清"。

四个男人和一个盒子 美国 巴纳德

他们带着的盒子里装着一个奇怪的承诺，而只有这个承诺让他们在这致命的雨林里保持前进……四个憔悴不堪的男人从原始的森林走来，他们就像人类在睡眠中走路般地走着，又好像有一个监工拿着长鞭在驱策他们一样，忍耐力已经到达极限了。他们的胡子缠结在一起，皮肤上都是溃烂的伤口，还有水蛭吸他们的血。他们彼此憎恨，那是一种被责任和无止境的森林所限制的恨。随着时间的过去，他们更恨那个盒子。然而，他们还是小心地带着它，就好像它是圣经里的诺亚方舟一样，而他们的上帝是个嫉妒的上帝。

"我们必须把马葛拉夫的东西带到目的地。"他们无奈地说。

"他是个好人，我们向他保证过。"

对于到达终点后的奖赏他们没说什么，但每个人都在心里念着想着。他们跟着马葛拉夫到这个绿色的地狱来是因为他事先付了很多钱给他们。现在他死了，他们却还活着。死亡击倒了他——一些急性的热带传染病结束了他的地质学狂热。如果马葛拉夫要他们带的是黄金，他们对整件事会觉得较有头绪。但马葛拉夫曾经笑着对他们说："科学上已经发现有些物质比黄金还有价值。"

本来他们认为马葛拉夫已经失败了，他在森林里找到的只有死亡。然而事情又似乎不是如此，他交给他们带回去的盒子颇重，这个盒子是他自己做的，质地很粗糙。当他知道自己已经注定要死时，他把盒子包好封住，里面装着只有这个科学家自己知道的秘密。

"这个盒子必须靠你们四个人合力才能搬回去——每次两个人。"马葛拉夫这样告诉他们。

"我们一共是四个人。"巴利说，他是个学生。

"你们必须轮流，"马葛拉夫指示说，"我要你们每个人答应我随身带着它，直到安全送达为止。你们可以在盒盖上找到地址，如果你们能把它送到海边我的朋友麦当劳教授那儿，那你们所得到的将比黄金还有价值。你们不会失败吧？我可以向你们保证你们一定会被奖赏的。"

他们答应了，因为他是个垂死的人，而且他们尊敬他。有很多次，当森林里无止境的单调沉闷快要吞蚀他们的时候，就是他的人格把他们团结在一起，否则，他们可能已经无法避免地吵起来了。然后，马葛拉夫对他们笑一笑就死了。他安静地死去，就像他做所有事一样。这个老科学家用一种模糊神奇的力量把他们结合在一起。他们把他葬在森林的深处，脱下帽子向他致敬，巴利念了些葬礼时该说的怀念的话。当泥块掉进墓穴时，整个森林显得更大更具有威胁性了，每个人都觉得自己变得矮小许多。一种恐怖的孤寂、对同伴的怀疑随着马葛拉夫的去世吞蚀了大家，每个人都害怕自己会像他一样死在无人知的森林里。他们是一个很奇特的组合：巴利是个戴眼镜的学生，麦卡第则是个高大的爱尔兰厨师；强生本来是个落魄的无业游民，马葛拉夫在一个河边的酒店遇到他，并怂恿他跟自己到森林里去；还有吉米·赛克斯，他是个水手，老是谈论他的家乡但从来不回去。赛克斯有罗盘和地图，当他们停下来休息的时候，他总会拿出来仔细研究一番。他会用一根短而粗的手指指着地图说，"那就是我们必须去的地方。"

地图上看起来似乎很近……丛林变得更宽广了。他们很想念马葛拉夫，以前他总是能在不可思议的混乱危险中找到继续前进的理由；而现在，他没有办法再用他的乐观主义来鼓舞他们了，虽然他以前总能证明他的理论是对的。起初，他们还能互相交谈，声音对他们而言是很重要的……很快，交谈的内容只剩下对他们所带的盒子的诅咒，因为他们必须吃力地抬着它穿过重重森林……然后，沉寂吞蚀了每个人，最后是比沉寂更糟糕的事。就像一个干渴的人在英芬诺会渴望喝水一样，强生盼望回到那河边的酒店去。他变得神经兮兮，左顾右盼地想看到任何不同的东西。麦卡第的脸则变得愈来愈深沉郁闷，他不停地重复："我要走自己的路，我不要再带着这个东西走了，我想我真的有胆量这样做。"

然后，他会用一种深沉，算计的眼光投向赛克斯紧握着的地图。至于赛克斯，他对这像高墙一般，会使人陷在里面的丛林产生了一种无以名状的恐惧。他要海，他想看到地平线。睡觉时，他常喃喃自语；白天，他则诅咒那隐藏在丛林深处的死亡和那些等待机会要侵袭疏忽者的昆虫、蜥蜴等。他念着他家，又说他几年来一直想找机会回家看他的太太和孩子——而现在却永远回不去了。学生巴利很少说话，但有个女孩一直盘绕在他的脑海。他常常躺着却睡不着，一方面是因为昆虫的骚扰，一方面则为那似模糊似清楚、时远时近的面容而苦恼。每次想到那女孩一定会联想到那在春天变绿，秋天变黄的校园；还有每天都去的操场、教室、图画馆；还有那舞会、月光下的散步，和最后一天含泪的道别。有时，他们其中一人会祈祷——用一种喊叫的方式，其他人听来还以为是诅咒。上帝创造了这个可怕的丛林，这些怪异的树和花，它们是那么的巨大以至于人好像变成侏儒了。然而，人是永远无法战胜自然的，所以只好屈服。即使当马葛拉夫跟他们在一起时，他们之间也还常有口角和争执，但他的人格和他的理由——最后也变成他们的理由——总能平息这些争吵。现在，剩下的只有马葛拉夫的盒子，他们的力气愈来愈小，盒子似乎愈来愈重。当其他事情已经变得不太真实时，它的重量却似乎更真实。他们的心里反抗这一切，这盒子的重量却把他们的身体结合在一起；当他们想分开时，它把他们锁在一起。一次又一次的轮流已经变成一种例行的机械化的动作，使他们忘了要分开；如果只有两个人的话，很可能他们已经放弃了。他们恨这个盒子就像犯人恨他们的镣铐一样，但他们还是带着这个盒子就像当初他们承诺马葛拉夫会做到一样。除非是交换工作的时候，否则他们总是小心地看着别人以免他们接近这神圣的盒子。突然间，奇迹一般，展开在他们眼前的不再是黑暗的丛林。

"天啊！"赛克斯叫着，"我们做到了！"他拿出地图，然后凑上自己裂开的嘴唇吻了一下。

"是的。"强生吸了一口气说。他的眼变得更古怪了，他也停止了与人吵吵闹闹。他甚至还在厨师麦卡第的背上拍了一下，然后两人用一种奇怪的，歇斯底里的笑声大笑起来……当他们再度提起他们的货物，它似乎变轻了，但只过了一会儿。他们现在变得很虚弱，因为安全在望而任务又已达成。最后，他们还是提着它走上一条街，许多土著和一些其他的人都瞪着他们看。他们四个只能拖着疲累的身子蹒跚而行。他们所要的只求能把它送到，而现在他们做到了。然后，当他们打听麦当劳教授的下落时，有一股荣誉感从他们的心

精彩绝伦的微型小说

中升起，那是一种分享一件东西的荣耀。最后，他们找到了那位穿着皱巴巴的白西装，已经退休了的教授。休息过后，麦当劳教授给他们食物吃，然后他们把他们对马葛拉夫的承诺告诉了他。强生在这时却说溜了嘴，把有关报酬的事提出来。老人伸出他的手做了一个无可奈何的手势。

"我什么都没有，"他说，"除了我的感谢外，我没有什么可以给你们。马葛拉夫是我的朋友，他是个有智慧的人，甚至有过之，他是个善良的人。你们守住承诺，做到他所要求的事，我所能做的只有谢谢你们。"

强生嘲弄地看着他。

"在盒子里。"他嘶哑地说。

"盒子。"塞克斯饥渴地回应道。

"现在——你们尽顾着谈话，"麦卡第说。"打开它。"他们要求。他们合力把它搬过来，一层又一层的撬开。麦卡第开始诅咒。

"那些重量，我们吃力的搬运……"他抱怨，强生说："都是木头，这是开什么玩笑！"但赛克斯说："有东西在里面，我听到它嘎嘎响。我们走路时听到的。看，你们忽略它了。"

他们全都挨过来，心跳都加快了。他们想到那些科学家挖出来，不计代价工作要找出来的物质；他们瞪着老人把那些松松的石块拿在手上，然后又把它们丢下去。

"没有价值。"他说，并疑惑地想知道到底马葛拉夫葫芦里卖的是什么药。

"没有价值。"赛克斯呆呆地说。然后厨师麦卡第爆发了。

"我总认为那家伙是疯子。竟然告诉我们盒子里有比黄金更有价值的东西。"

"不，"巴利很快地说，"我确切记得他是这样说的：'如果你们把它安全送到我的朋友麦当劳教授那里的话，你们有的是比黄金更有价值的东西。'"

"所以呢?"麦卡第大吼。

"对呀,所以呢?"吉米·赛克斯回应道,"我自己也可以搬动一些黄澄澄的金子啊!"强生用舌头舔了舔他的干唇。巴利看着他们所有人:高大的爱尔兰厨师麦卡第;有一天可能会回家的水手赛克斯;还有河边的无业游民强生。然后,他想到那在春天时绿油油的校园,还有那在等待着他的女孩。他又想到他们刚刚逃出来的丛林——那折磨人的绿森林,许多人独自流浪在内,现在都变成了一堆白骨。然后他又想到随之而来的结果,因为他们听了马葛拉夫的话,为了信守对他的承诺,只好团结在一起通过险恶的丛林,四个男人团结起来就只为了这个简单的理由。而这就是马葛拉夫送给他们的礼物啊!这就是马葛拉夫所谓的报酬。

"他说我们会得到报酬的。"

强生哀声抱怨道。

"我亲耳听到他这样说的,而现在,什么都没有!我们从中得到了什么?"巴利很快地转向他。

"我们的生命!"他说:"那就是我们所得到的——我们的生命——那才是最有价值的。他救了我们的命。"

在柏林 美国 奥莱尔

一列火车缓慢地驶出柏林,车厢里尽是妇女和孩子,几乎看不到一个健壮的男子。在一节车厢里,坐着一位头发灰白的战时后备役老兵,坐在他身旁的是个身体虚弱而多病的老妇人。显然她在独自沉思,旅客们听到她在数着:"一,二,三——"声音盖过了车轮的"咔嚓咔嚓"声。停顿了一会儿，她又不时重复数起来。

两个小姑娘看到这种奇特的举动，指手画脚，不假思虑地嗤笑起来。一个老头狠狠扫了她们一眼，随即车厢里平静了。

"一，二，三——"这个神志不清的老妇人又重复数着。两个小姑娘再次傻笑起来，这时那位灰白头发的战时后备役老兵挺了挺身板，开口了。

"小姐，"他说，"当我告诉你们这位可怜的夫人就是我的妻子时，你们大概不会再笑了。我们刚刚失去了三个儿子，他们是在战争中死去的。现在轮到我自己上前线了。在我走之前，我总得把他们的母亲送往疯人院啊。"

车厢里一片寂静，静得可怕。

妈 妈　美国　戴维·奥丹

妈妈为我做三明治做到一半时死了。如果我知道那会要她的命，我就不会要求妈妈做了。以前她做三明治给我吃都没事，为什么这么突然？爸爸也不知道为什么。但是，我们不太谈这件事，我们根本很少谈这件事。有时候我们试着想谈，有时候只有我们两个一道儿吃晚餐，一切都接近完美。但，只是有时候。大部分时间，气氛不一样了。经常我会做一些诸如忘了不用替她摆位子的事情，于是我们都不知道要怎么办。这时，我们根本不想说话。三个盘子、三个杯子。厨房闪闪发光。一间明亮发光的厨房，妈妈总是这样说。我们就这样坐在那里——爸爸、妈妈的位置和我。妈妈随时可能一阵风似的穿过那扇门，抓着揽着一捆捆一盒盒的东西，我的大冬季外套密密实实的包住她的肩和臂，她的脸笑眯眯的，有条条的皱纹，像植物一样。我早该知道多一点。我早该知道这些事。妈，你说嘛？为我做一块三明治就会让你死掉吗？这件事真的会杀死你吗？记不记得以前你怎么跟我玩？记得吗？我偷偷走向她的坐椅后面，拆下她的发卷，用手指梳理她的头发，直到她说好了，问我想干吗？然后她站起来，走向爸爸，打开她的浴衣，让他偷看一眼，看看以前的魅力还在不在。我想是不在了。什么？他说。他从没看过这个？去做三明治，他说。然后他让自己的身体像一摊布丁，溶进安乐椅中。就这样，那是他对她说的最后一句话。妈妈把电视开大声，走进厨房，而我们所知道的下一件事，就是她大叫救命。爸爸和我一样，不清楚到底是怎么回事，于是他从椅子上站起来，穿过房间——他每一步都在地毯上摩擦出声，好吓她一跳——然后，就是那样。妈妈死了，躺在厨房的地板上，腰际的浴袍敞开着。我想到，好，妈妈死了，接下来呢？没有人想到这个问题。没有人想到当你发现你妈妈直挺挺地死在厨房地板上以后的事。不过我告诉你，真正有趣的事就是从那以后开始。那是你得对她——老天，你的妈妈——做口对口人工呼吸的时候，而你心里明白，万一她醒过来，她会因此啐你一口，但无论如何还是得做，否则万一她不醒过来，一切都完了。那也是你必须打电话叫救护车，且等着他们来，在她脸上盖上白被单，将她从你身边带走的时候。那是你得坐在一边看着他们在她身上摸来弄去，心里明白他们绝不相信你会试图救过她的时候。那是邻居看见你家门口一闪一闪的红灯，怀疑你到底是个多么差劲的儿子，竟然救不了自己的母亲的时候。那也是你必须面对自己的一生，而这一生已成为一个接一个你无法救她的借口的时候。你怎么办？我们不知道怎么办，所以爸爸把她抱到椅子上，然后我们就在那儿等着。我们一边等，一边看电视。

　　就这样。但就像我说过的，我们现在不怎么谈这件事了。我们怎么谈呢？妈妈总是那个开口说话的人。她过去老是这么说。她老是说："男生们，没有我，你们怎么办？"而我们现在正是如此，没有她。就算你付钱要我们说话，爸爸和我也不知道如何交谈，所以我们连试也不想试。不管怎样，谈得不多就是了。我该说些什么呢？你过得好吗？一个人睡觉是什么滋味？他不希望我那么说，他根本不希望我那么做。他希望我离开这间屋子，不过，他也并不真的希望如此，你知道的。那他怎么办呢？如果你不注意点，六个房间可能显得太多。我有时在吃饭时这么告诉他。我告诉他，他有多需要我，多在乎我。但他不在乎。他在乎厨房，那件袍子，及我为了想救他的太太所做的事。我的手。她的身体。我的唇。她的嘴。

"告诉我，"他说，"那就是你想记得你妈妈的方法吗？"

进化论 美国 贺尔曼·梅森

奥撒棒球队一直拥有一个忠实的球迷。他每次看球总是带着一只大猴子。一段时日以后，那只猴子居然变成一个棒球专家了。碰到精彩的比赛，它就兴奋地活蹦乱跳，频频鼓掌；如果球队失常了，那畜生便吐舌头、做鬼脸。偶然，在一次球赛中，奥撒队的一垒手受了伤，无法继续比赛。偏偏又找不到替补的选手。这时，竟然有人推荐那只猴子上场。这真是一个疯狂的建议；然而，比赛的结果更令人疯狂——由于猴子精彩的球技使奥撒队大胜一场。有趣的是，往后他们就靠着一垒的那只灵长类连续打了九场胜仗。原来的一垒手早就被人抛在脑后了，当他复原要归队时，球队经理在脸上摆了一块木垒板——眼前的胜利组合不容被拆散。可怜的一垒手，虽然生气，也只得卷起铺盖回老家去了。过了两个礼拜，他忽然收到一封信，上面这么写着——"亲爱的汤姆，请回到球队来吧！我们需要你回来担任一垒手的守备。猴子注：我现在是经理了。"

自信心 美国 山姆·F·修利尔

有时候，爹地真的吓着我。他会把一些他根本毫无一知半解的难题搅在身上，而最后，十之八九的事情都会被他解决。当然，完全是运气作祟。但你又不得不信他那一套。

"自信心，"他常说，"只要相信自己办得到，你就一定办得到。"

"任何事情吗？"我问他，"如果是脑科手术呢？"

"哦！别傻了。"

我爹地说，"像那一类的事情是要靠经验的。"

"走开一点，"他对我说，"你挡到电视了。你站在荧幕前面，要我怎么看摔跤呢？"

"别管荧幕了，"我回答，"有一天你的运气会用完的，那时候，我再看你的'自信心'管不管用。"

其实，我并非那种自命不凡的人。有时候，我也会试着运用我的自信心。第一次是在我期末考试的时候。我拼死拼活地要通过期末大考。我真的是铆足了劲，因为我大概有一年没碰过课本了。我生吞活剥地把它们死背下来，大概每次都是这样。其他的，就都交给我的"自信心"了。我肯定地相信我办得到——非常肯定。结果我考了全校历史上最低的分数。我把成绩单拿给爹地看，然后说："你的'自信心'只有百分之三十三的作用吧！"他根本不瞧一眼就把它搁在桌上。

精彩绝伦的微型小说

"你要到一定的年纪才会了解的，"他解释，"那才是'自信心'的关键。"

"嗯？那其中这段时间我要干什么呢？""也许你应该念些书吧。有些孩子可以学到一些名堂的。"

那是我第一次使用"自信心"的经验。最后一次则是在奥斯汀服饰公司升迁的时候。华德生的经验比我老道，业绩也比我好一些。而我，就靠着我的"自信心"。结果，华德生得到青睐。你以为这样就能说服我老爹吗？那是不可能的。一定要给他一些教训，他才会改观。我爹地也在奥斯汀服饰公司上班，要教训他的机会终于来了。那时候奥斯汀公司要举办一次东方橱窗展示会。花费了大笔金钱筹备之后，一切就绪。等我们正要拉开幕布的时候，竟然展示灯故障了。奥斯汀先生看起来马上就要窒息而死。他想，这下子完了，顾客全要跑光了。他马上要找电气匠来。这时候我爹地出现了。

"发生什么事了吗？"他说。

"哦，路易斯，"奥斯汀招呼他。他称爹地"路易斯"——而我，他最好的售货员，居然只叫我"乔·康克林"。我爹地只是一个收银机的职员，他却称他"路易斯"。

"这些他妈的灯坏了。"

"嗯，我看看。"

我爹地说，"也许我帮得上忙。"

他从口袋里掏出一支螺丝起子。奥斯汀先生盯着他。

"你真的内行吗，路易斯？"

"不！他不行的。"

我在一边保证。

"你以为他是爱迪生吗？"其实我不是故意这样说的，只是说溜了嘴。

"年轻人，我是在跟令尊说话，"奥斯汀先生用冷峻的眼光瞪着我，"我如果要别的意见，我会问他们的。"

"没错，"我爹地插嘴说，"乔，注意你的态度。"

他小心地跨进橱窗里，把一个电匣打开，然后开始动用起子。

"别碰它！"我叫道，"你会触电的！"

他碰了，而且没有触电。展示灯一下子全亮起来。奥斯汀先生脸上的紧张这下才消了。他微笑着。那天晚上爹地又发表了长篇大论，说他的"自信心"再度灵验了。

"'自信心'，胡扯，"我反驳他，"根本不是那回事。"

"走开一点，"爹地说，"你挡到我荧幕了。"

第二次的情况是奥斯汀先生的保险箱卡住了，把所有员工的薪水锁在里头。那是月底最后一个周末前夕，眼看着问题毫无解决的希望。这时，我的爹地再度出现。

"出了什么事呢？"他说。突然，一种奇异的感觉涌现在我心头，仿佛这件事已经发生过了。

"这个该死的保险柜，路易斯，"奥斯汀先生说，"它卡住了。"

"嗯，让我瞧瞧。"爹地说，"也许我帮得上忙。"

"你真的行吗，路易斯？"奥斯汀先生惊问道。

我本想冲口说"不！他不行的。"但我忍了下来。我受够了奥斯汀先生冷峻的眼光。如果爹地自愿要扮小丑，那是他的事。

"奥斯汀先生，"爹地说，"保险柜的号码是几号？"奥斯汀先生附过去，在他的耳边轻声地说了号码。他根本毫不犹豫地就这么做。我爹地对别人总有一股奇特的力量。转了几圈之后，他开始扭动保险柜的门栓。我在心里说："等着瞧吧，看我们家的魔术灵不灵？"我们等了一会儿，什么事也没发生。

"锁头的杠杆卡住了，"他最后说，"中心轴不平衡。"

你瞧，他对保险柜根本一窍不通。

"打电话叫厂商来。"奥斯汀先生命令。

精彩绝伦的微型小说

每个人都"哦——"的一声。制造商远在芝加哥呢！

"奥斯汀先生，等一下。我还没弄完呢！"爹地说。他已经紧紧贴着保险柜，这次他要表现真功夫了。他把手指拧住开关，轻轻地颤动，非常缓慢地。他几乎把耳朵贴在保险柜上，听着刻号跳动的声音。我向四周的每一个人瞄了一眼，确定是否有人在偷笑。居然没有一个人在笑。令人无法相信。我又巡视了一遍，还是没人发出声音。他们不但不笑我的父亲，甚至还认为他真的能打开它。我的天啊！一大堆男人、女人蹲在那儿，屏气凝神地期待着保险柜的门打开。当他们站起来的时候，保险柜开了。

那晚，我和爹地正在看电视。他——聚精会神地瞧着电视，而我——却在脑海里不停地思索着。终于，我爹地开口了。

"想说什么就说啊，"他说，"别搁在心里嘛。"

"说什么？"我问。

"说'那只是运气，你碰巧撞开了保险柜'等等的。"

"好吧！"我回答，"我会说：'也许是好运，但是也许还有其他的因素。'"然后我描述了奥斯汀先生办公室里众人的表情给他听。当中，我使用了诸如"信心"、"信任"和"尊敬"之类的字眼。

"那就是'自信心'的关键吧！"我下了这样的结论，"它不能让一个怠惰的学生通过期终大考，也不能使一个职员比其他更好的同事优先得到升迁的机会。'自信心'发挥的关键，在于你必须用它来帮助其他的人解决困难。否则，它就不灵了。"

爹地只是看着我。我猜测他是否正在想着：也许我已经到达可以理解一些事情的年纪了。然而，他说的却不是这些。

"走开一点，"这是他说的，"你挡到荧幕了。你站在电视前面叫我怎么看摔跤呢？"

拯救纽约 美国 阿特·布彻沃德

一天，我和一个朋友坐着出租车在纽约市里行驶，当我们下车时，我的朋友对司机说："谢谢你给我们开车，你的驾驶技术真是好极了！"

司机愣了一下，停顿了片刻，迟疑地问："这话是什么意思？你是个聪明人还是一个特殊的人？"

"不，亲爱的朋友，我可不是讨好你。你在道路堵塞不堪时能那样冷静，这可不是一般人能做得到的。我很佩服你。"

司机半信半疑地说了句"是吗？"就开车走了。

"你这是干什么呀？"

"我要把爱带回纽约市。这是能拯救纽约的唯一办法。"我的朋友说。

"一个人能拯救纽约这样一个城市，你可真是疯了。"

"不是我一个人，还有这位司机。设想他拉了二十位乘客，由于有人对他很好，他也会善待二十位乘客，而这二十位乘客也会友善地对待他们的同事、下属、商店雇员以及所有为他们服务的人，包括他们自己的家人。这种友善将伸延到一千个人身上，这总不是一件坏事吧！"

"你把所有的结果都押在一个出租汽车司机身上，这怎么可能？"我说。

"当然不是这样。但是，我每天，至少会面对十个完全不同的人，如果我能使其中三个人高兴，就可以间接地影响到三千多人的态度。"

精彩绝伦的微型小说

我承认道："在理论上听起来是对的，但在事实上恐怕就不是这么回事。"

我的朋友却坦然地说："即使它不能实现，我也没有任何损失，就算对方是个聋哑人，又有什么关系呢？明天，我还会碰到另一个出租汽车司机，我将努力使他高兴。"

"你可真讨人费解，傻瓜才这么想，这么干。"我淡淡地说。

朋友立刻说："这说明你已经变得多么玩世不恭了。我对此做过研究，除了金钱之外，这里缺乏一种十分可贵的东西：没有人告诉我的在邮局工作的员工们，他们的工作做得多么好。"

"但是他们做得并不好呀。"

"你知道这是为什么吗？就是因为他们觉得没有人关心他们做得好与不好，怎么就不能有人夸奖他们几句呢？"

我俩边说边走过一片施工地，几个工人正在吃午餐。我的朋友停下来对他们说："你们干的工作真了不起，这活儿一定又困难又危险。"

工人们疑惑地看着他。他又问："什么时候完工？"

"六月份。"

"噢！这可真让人兴奋，你们一定很自豪！"他边说边同我一起走开了。

我说："自从《外里人》以来，我还真从来没见过你这样的人。"他却信心十足地说："当这些人领悟了我的话，他们将会对工作有另一种感觉。这样，从他们的愉快的工作情绪中，城市将受到益处。"

"但你不可能自己完成这项计划。"我断言。

"重要的是一定要鼓励这些人。要使生活在城市里的人们重新变为友爱、和蔼不是件容易的事，如果我能号召，吸引其他人加入我的行动中……"

"你刚才是在向一个长得非常丑的妇女眨眼睛？"我打断他的话说。

"是的，我知道。"他回答道，"如果她是一个学校老师，她的班级将有非常美好的一天。"

冤家 美国 毛姆

现在，他们兄弟俩终于都过世了。一个画家和一个医生。画家一直自以为有绘画的天才。他自大、骄傲而且易怒，向来看不起他兄弟那副庸俗、多愁善感的德性。然而，他实际上并没有什么才气，如果不是他兄弟的接济，他早就要三餐不济了。奇怪的是，尽管他的画从技巧、内涵各方面看来都是极粗俗、拙劣的作品，他还是持续地画着。偶尔举办几次画展，总是刚好卖出两幅画，每次都是如此，一幅不多一幅不少。终于，医生也绝望地认清他兄弟的"天分"了。在不断地接济和支持之后，医生发现自己的兄弟天生就只能当个二流的画家，心里着实十分难过。可是他一直隐埋在心里。医生去世的时候留下所有的遗产给他的兄弟。画家在医生的房子里发现了二十五年来他卖给那个匿名者的所有作品。起初他疑惑不解，最后他给自己找到了解释——这狡猾的家伙终于做了一次正确的投资。

桥 美国 帕梅拉·佩因特

就在她踏上桥的行人步道时，后面来了一辆脚踏车呼啸而过，吓了她一跳，也把那个在她前方约莫五十英尺处慢慢走着的年轻女士吓了一跳，那女士捧着一团东西——一棵瓶装植物、一些花、或一个小孩——她看不清楚。愣了一下，她有股臭骂那骑车的年轻人几句的冲动，但是他骑得太快了，脚使劲地踩。那位年轻女士显然对他说了什么，因为他回过头来看她，速度也稍稍慢了些。他可以同时伤害他们两个的，那个妈妈和小孩，或者，可以捣烂那些花。

她的皮包挂在肩上，左手抱着一袋杂七杂八的东西，里头没什么瓶瓶罐罐，所以不重。英国松饼、茶、两块羊排、一瓶白酒及一颗熟透的甜香瓜。海湾吹过来的风又强又冷，她停下来扣上夹克，把围巾漂亮地绕过脖子。这条围巾和她的裙子很相称，她觉得很高兴。她前面的那位年轻女士也停下脚步。她不知道自己为什么称她是"年轻女士"，因为事实上她可能是个出来散步的老祖母，或是个自愿为老人服务的人，正带着一束漂亮的花回去，或是其他什么的。眯起眼睛仔细打量那位年轻女士，仍看不清什么，只看见她围了一条和她身上任何衣物都不配的围巾。她已经把那包东西由左手交到了右手。如果她追上前去，且如果她抱着的是个裹着毯子的婴孩，那么她们也许在过桥的这段路上，可以交谈几句，关于那个骑单车的男孩的粗野举止。她会对那婴孩微笑，赞美他的头发、眼睛或鼻子，或者如果那小孩实在没什么出色之处，就谈谈小孩可爱的魅力吧。"几岁啦？"她可能这样问，"男孩还是女孩？"

"叫什么名字？"也可能是说句"好漂亮的花啊！"虽然她可以想象得到，通常人们对这样一句话的回答，顶多只是礼貌性的表示同意。可能因为他们根本心不在焉地虚应对付。走在她前面的年轻女士又停了下来，把头探出桥边粗重的铁栏杆外。她往桥下看，仿佛水中有什么东西吸引了她的眼光，值得她停下脚步。她也停下来，一边注意着那位年轻女士，一边又急于想知道水中到底是什么东西引起了她的兴趣。她放下购物袋，夹在两脚之间，眼睛越过肩膀高的铁栏杆望向那位年轻女士所在位置之下的河水。水上没有舢板或彩色小船，没有大声喧哗，也没有言语乏味的游客在那儿观光漫游。就在她眼睛又移回桥上的同时，那位年轻女士把手上的一包东西扔了下去，划出一道芭蕾舞姿般的优美弧线。她试图猜测那包东西的重量，是一束花，还是个无助的婴儿，但她猜不出来。它落水的声音不大，在水面漂了一会儿就不见了，留下几个小泡泡。花店的那种卷筒纸或是一小方毯子，都会浮在那儿一会儿，吸足了水才沉下去。包装上没有色彩，是张白色的包花纸，或者是白色的婴儿毯子。她想尖叫，来来回回看着一辆又一辆疾驶而去的车辆，又转过身来，对着那个外套被风吹得敞开的年轻女士。她随即明白了，那是不是一个婴儿，又有什么差别呢？难道她会丢下那包杂物，脱掉夹克、围巾，把它们挂在栏杆上，踢掉鞋子，叫谁来看她跳下去，叫那个现在站在那儿一动也不动，刚才才用她的手臂丢下那包东西的年轻妈妈看吗？她会爬上那实际高度比看起来还高的栏杆，然后纵身一跳吗？桥那么高，水那么冷。现在，她半信半疑地觉得，某件东西已因她而死。她没有跳下去。她很快地跑向那位年轻女士，鞋跟喀喀作响，好像一只猎物已稳然在握的鳄鱼，不需要再保持安静。她有点期待那年轻女士转过头来看她，然后赶快跑。又有一辆脚踏车骑过去，她想要求帮忙，却不知如何启齿。即使是对她的丈夫，她能怎么说呢？她又往下看一眼漆黑的河水，继续摆动手臂，拼命跑。刚才那包东西落水的地方，浮现一朵好大的茶花，也可能是顶婴孩的小软帽，白色扇形的。她跑时，购物袋撞上了她的脚，碰坏了那颗甜瓜。

"我一直在注意！"她对那年轻女士喊道，上气不接下气的。她指着她刚刚站的地方。

"我刚刚站在那里。"

她想指出距离有多远，然而却无法在一览无遗的栏杆上，找出确切的位置。那位年轻的女士转过身来，没有拔腿就跑。她们一起看着她刚刚站立的地方。年轻女士的脸像盘子一样平滑有光泽，不错，很年轻。她可能是在寻找天气转变的迹象。她双手插在口袋里，

精彩绝伦的微型小说

双臂紧紧靠在身侧那刚刚抱着一包东西的地方。她很习惯陌生人对她说话，从十五英尺外上气不接下气地叫她吗？她自己可不习惯看着一个小孩，或甚至一束花，被从桥上扔下去。关于花也有一个故事，虽然是完全不同的故事，可能很浪漫，充满了空洞而可以猜想得到的细节。但是，究竟怎么回事？她脑中再度空茫一片。这位年轻女士必然有什么故事，她的生命已经改变了，也许就是被这秋天里走过一座桥的经验改变了。

"我看见你把某样东西扔到河里。"

她对她说。年轻女士似乎从头到尾仔细思量一遍，然后说："你刚才大叫，有什么不对劲儿吗？"一面拉紧自己的外套。年轻女士继续说："我想又要下雨了，破坏了我所有的计划。"

购物袋沉甸甸的，仿佛里面有好几大瓶很浓的鲜奶，她把它放下来。

"那是什么东西？"她问年轻女士。

"什么？"年轻女士似乎不认为这个问题暗示某种像小孩或是花这类明确的东西，她看了看购物袋——好像在想自己是不是该表示要帮忙拿，也像是在想着该到店里买哪些东西。

"我得走了。"

她说，摇了摇头，便走了。就这样。她看着年轻女士又再度与她拉开距离。随着她离去，坎布里治的霓虹灯在河上亮了起来。地下铁在地道外短暂停留的隆隆声响，一阵又一阵掠过她身旁。一个婴儿有多重？她蹲下来，把英国松饼移开，她用双手取出甜瓜时，先掂掂它的重量。她捧着它像捧篮球一样，但由于无法用一只手举起来，她一手抬高过肩，一手托在瓜的下面，像发射炮弹一样，把它扔到河里去，动作不像那位年轻女士那样优雅。她试想记住那落水时低沉的声响，却记不住，于是等待倾听一声哭嚎。

桥边的老人

美国　尼斯特·海明威

　　一个戴着钢丝边眼镜、衣服上尽是尘土的老人坐在路旁。河上搭着一座浮桥，大车、卡车、男人、女人和孩子们正涌过桥去。骡车从桥边蹒跚地爬上陡坡，一些士兵帮着推动轮轴。卡车嘎嘎地驶上斜坡就开远了，把一切抛在后面，而农夫们还在齐到脚踝的尘土中沉重地走着。但那个老人却坐在那里，一动也不动。他太累，走不动了。我的任务是过桥去侦察对岸的桥头堡，查明敌人究竟推进到了什么地点。完成任务后，我又从桥上回到原处。这时车辆已经不多了，行人也稀稀落落，可是那个老人还在那里。

　　"你从哪儿来？"我问他。

　　"从圣卡洛斯来。"他说着，露出笑容。那是他的故乡，所以提到它，老人便高兴起来，微笑了。

　　"那时我在看管动物。"

　　他对我解释。

　　"喔。"

　　我说，并没有完全听懂。

　　"唔，"他又说，"你知道，我待在那儿照顾动物。我是最后一个离开圣卡洛斯的。"

　　他看上去既不像牧羊的，也不像管牛的牧人，我瞧着他满是灰尘的黑衣服，尽是尘土的灰色面孔和那副钢丝边眼镜，于是我问他，"什么动物？"

　　"各式各样，"他摇着头说，"唉，只得把它们撇下了。"

　　我凝视着浮桥，眺望着充满非洲色彩的埃布罗河三角洲地区，寻思着究竟要过多久才能看到敌人，同时一直倾听着，期待着第一阵响声，它将是一个信号，表示那神秘莫测的遭遇战的爆发，而老人始终坐在那里。

"什么动物？"我又问道。

"一共三种，"他说，"两只山羊，一只猫，还有四对鸽子。"

"你只得撇下它们了？"我问。

"是啊。怕那些大炮呀。那个上尉叫我走，他说炮火不饶人哪。"

"你没家？"我一边问，一边注视着浮桥的另一头，那儿最后几辆大车在匆忙地驶下河边的斜坡。

"没家，"老人说，"只有刚才提过的那些动物。猫当然不要紧。猫会照顾自己的，可是，另外几只东西怎么办呢？我简直不敢想。"

"你对政治有什么看法？"我问。

"政治跟我不相干，"他说，"我七十六岁了。我已经走了十二公里，再也走不动了。"

"这里可不是停留的好地方，"我说，"如果你勉强还走得动，那边通向托尔托萨的岔路上有卡车。"

"我要待一会，然后再走，"他说，"卡车往哪里开？"

"巴塞隆那。"

我告诉他。

"那边我没有熟人，"他说，"不过我还是非常感谢你。"

他疲惫不堪地茫然瞅着我，过了一会儿又开口，为了要别人分担他的忧虑，"猫是不要紧的，我拿得稳。不用为它担心。可是，另外几只呢，你说它们会怎么样？"

"喔，它们大概捱得过的。"

"你这样想吗？"

"当然。"

我边说边注视着远处的河岸，那里已经看不见大车了。

"可是在炮火下它们怎么办呢？人家叫我走，就是因为要开炮了。"

"鸽笼没锁上吧？"我问道。

"没有。"

"那它们会飞出去的。"

"嗯，当然会飞。可是山羊呢？唉，不想也罢。"

他说。

"要是你歇够了，我得走了。"我催他，"站起来，走走看。"

"谢谢你。"

他说着撑起来，摇晃了几步，向后一仰，终于又在路旁的尘土中坐了下去。

"那时我在照管动物，"他木然地说，可不再是对着我讲了，"我只是在看动物。"

对他毫无办法。那天是复活节的礼拜天，法西斯正在向埃布罗挺进。可是天色阴沉，乌云密布，法西斯飞机没能起飞。这一点，再加上猫会照看自己，大概就是这位老人仅有的幸运吧。

第一张爱的信笺 美国 李睿

人们总会记得那些珍贵的第一次，尤其是那些出乎意料、带给你意外惊喜的第一次。

大学生活是人一生中最宝贵的时光，也应该是快乐的，可我却咀嚼着苦涩。是那张粉色信笺拯救了我，是那爱的力量，拉我走出自闭，感受到青春的可爱，焕发出自身的魅力。

我是班上唯一的来自乡下的女孩，是省高考状元。在大学里，我的成绩依然名列前茅。可是，优异的成绩并没有写在我平凡的脸上，我只是个土里土气的乡巴佬。听着班上同学标准的普通话，我羡慕不已；我可以说很纯正的英语，却说了一口带有浓重乡音的国语。

我一改活泼的个性，尽量不开口，即便是这样，当我和宿舍的姐妹们一起出门，仍会有人问我："你是乡下来的吧？"不知我身上到底有什么样的烙印。

从此我变得行单影孤、敏感多疑；不再费神去减小城乡差别，而是全身心投入到学业中去。优异的成绩支撑着我挂在脸上的高傲，掩饰着我内心的苦恼、自卑，可是那漫漫长夜，我常常是哭着入睡，又在梦中哭着醒来。

大二时，宿舍中的同学已有人谈恋爱了。情人节的时候，几乎每个同学都收到了贺卡，只有我没有。

情人节的夜晚，全班只有我一人还在教室里看书。我坐在那里，孤独和寒冷包围着我。铅字在眼前模糊着，我也渴望有一份爱的邀约，不想在这里面对书本里我能倒背如流的文字。我没有勇气回宿舍，我怕面对张张幸福的面孔，怕听到她们今晚的经历。

回到宿舍已快熄灯，我匆匆地洗漱完毕就钻进被窝，带上耳机，急忙着与外界隔绝。忽然，我的蚊帐被揭开一条缝，下铺的瑾爬上来，摘下我的耳机，说："晚上回来的时候，在地上捡到这个。"她手里拿了一个粉色的信封，那显然是个卡，信封中央写着我的名字。我急忙抢过来，心跳在加速。

握着卡躺在床上，迟迟没有拆开，我猜测着那会是张怎样的卡，谁送我的，上面会写些什么样的词句。灯熄了好久，室友们兴奋的聊天声也平息了，我这才打开手电筒，轻轻地拆开那张卡。

那是一张玫瑰香卡，娇艳的玫瑰，浓郁的花香，让我陶醉，涌上心头的喜悦已是久违的感觉了。打开卡片，里面有一张粉色的信笺：

"小林：不知你那拒人于千里之外的冷漠外表会吓退多少仰慕者！你聪明、纯朴、活泼，我喜欢你；可我却不敢说爱，假如你能卸下伪装，还回本来面目，重现你的可爱，我相信，爱神会射出他的箭。"

这封信没有署名。信不是寄来的，可我对比了班上所有同学的笔迹，无一相像。尽管我不知这个男孩是谁，但是我却刻意改变了自己。

新学期开始，我去竞选学生会主席，让同学们跌破眼镜；我还加入了篮球队，一展我做中锋的风采；我给自己最大的挑战是去参加学校的演讲比赛。我文采好，反应快，逻辑思维强，尽管普通话仍然带着乡音，我却夺得了冠军。

果然爱神的箭开始频频射来，只是我都无动于衷。一天，已成为我的好朋友的瑾又爬上我的床，递给我一封信，说："你可别拒绝啊，他答应事成之后请我吃饭的。"我只扫了一眼信封上的字迹，就告诉瑾不行。瑾问我是不是有男友了，我摇摇头说："没有，不过我在等，只等那个人。"

"你还不知道是谁给你写的信，你怎么就知道他不是你在等的人呢？"

"我认识他的字。"

"谁呀？快告诉我他是谁？"

我红了脸，从枕头底下的日记本里抽出那张卡。瑾见到那卡，咯咯地笑起来："原来你在等我呀！"

我推开她说："哼，我早想到了，对过你的笔迹，才不是你呢。"

瑾笑着爬回了下铺，"这么说你就是等我的男朋友了？"爬回来时手里举着她男朋友写给她的情书，果然是那刻骨铭心的笔迹。

"信是我写的，让他帮着抄的，我俩可是有婚约的，你不会夺人所爱吧？"

那个虚幻的梦在我和瑾的笑声中破灭了，可是我生命中第一个情人节香卡、那改变我命运的爱的信笺，却始终伴随着我。

面貌 日本 川端康成

从六七岁的时候起一直到十四五岁为止，她在舞台上，经常都在哭泣。那一段日子里，观众其实也是很爱淌眼泪、哭泣的。只要自己一哭泣，观众也会跟着自己哭泣——这样的想法就是她看这个人生的最初的观点。人的面貌，在她看起来，莫不都是看了自己演的戏就会哭泣的那一种。她所不能了解的面貌，可以说一个也没有。照这样子说起来，这人世间，对她而言，实在是太容易了解的了。在整个戏团里头，其实也没有哪一个演员能像她所扮演的楚楚可怜的小女孩角色那样子令许许多多的观众哭泣。然而，她却在十六岁的时候就生下了一个孩子。

"这孩子没有哪一点像我。这不是我的孩子。我可不管。"

孩子的父亲这样说。

"这孩子，一样也没有什么地方像我，"她也说了，"可是，的的确确是我的孩子啊。"

这小女孩的面貌于是成了头一个她所不能了解的人的面貌。生下了孩子，与之同时，她扮演女童角色的寿命，可以说也宣告终结了。这一来，她终于也发觉这一向自己一直让爱哭泣的观众流泪的那个新派悲剧的舞台和实际的人世间之间，其实横着好大的一条鸿沟。这鸿沟里，一瞧，竟是黑漆漆的。跟自己的孩子的面貌一样无法了解的人的面貌，好多，从那黑暗之中浮现了出来。在巡回演出的旅途上，在某个陌生之地，她和孩子的父亲终于分道扬镳，分了手。随着岁月流逝，她逐渐觉得孩子的面貌似乎很肖似已经分了手的那男人的面貌。不久之后，这孩子所扮演的孩童角色，也跟她幼小的时候一般，渐渐地也能招出观众的眼泪来了。然后，也在巡回演出的旅途上，一样在某个陌生的乡镇，她终于和孩子也分了手。离开了孩子之后，她渐渐地竟也觉得那孩子的面貌和自己的面貌似乎很肖似。

在某个小乡镇的演戏之处，她不期遇见了十多年来从不曾碰面的，也是在巡回剧团演戏的父亲。父亲把母亲的居处告诉了她。和母亲相逢的她，一看到自己母亲，便"哇！"一声抱住母亲哭了起来。有生以来第一次看到母亲，有生以来第一次真正地哭起来。因为，和她分离了的自己女儿的面貌，和她母亲的面貌，竟是那样的惟妙惟肖。就像她一点儿也不肖似自己的母亲一般，她和自己女儿之间，也一样丝毫都没有肖似的地方。然而，祖母和孙女俩，却是惟妙惟肖得出奇。拥在母亲的胸前哭着哭着，她不禁也想起在自己扮演孩童角色的那些日子里，戏台上的自己其实是真正在哭泣的。她于是怀着一种像是前往什么圣地朝圣去的心情，又回到巡回剧团里——为了期盼有一天能在某个陌生之地和她的女儿，以及女儿的父亲相逢，然后告诉她和他有关面貌的事情。

父母心　日本　川端康成

轮船从神户港开往北海道，当驶出濑户内海到达志摩海面时，聚集在甲板上的人群中，有位衣着华丽、引人注目、年近四十的高贵夫人。有一个老女佣和一个侍女陪伴在她身边。

离贵夫人不远，有个四十岁左右的穷人，他也引人注意：他带着三个孩子，最大的七八岁。孩子们看上去个个聪明可爱，可是每个孩子的衣裳都污迹斑斑。

不知为什么，高贵夫人总看着这父子们。后来，她在老女佣耳边嘀咕了一阵，女佣就走到那个穷人身旁搭讪起来：

"孩子多，真快乐啊！"

"哪的话，老实说，我还有一个吃奶的孩子。穷人孩子多了更苦。不怕您笑话，我们夫妻已没法子养育这四个孩子了！但又舍不得抛弃他们。这不，现在就是为了孩子们，一家六口去北海道找工做啊。"

"我倒有件事和你商量，我家主人是北海道函馆的大富翁，年过四十，可是没有孩子。夫人让我跟你商量，是否能从你的孩子当中领养一个做她家的后嗣？如果行，会给你们一笔钱作酬谢。"

"那可是求之不得啊！可我还是和孩子的母亲商量商量再决定。"

傍晚，轮船驶进相模滩时，那个男人和妻子带着大儿子来到夫人的舱房。

"请您收下这小家伙吧！"

夫妻俩收下了钱，流着眼泪离开了夫人舱房。

第二天清晨，当船驶过房总半岛，父亲拉着五岁的二儿子出现在贵夫人的舱房。

"昨晚，我们仔细地考虑了好久，不管家里多穷，我们也该留着大儿子继承家业。把长子送人，不管怎么说都是不合适的。如果允许，我们想用二儿子换回大儿子！"

"完全可以。"贵夫人愉快地回答。

这天傍晚，母亲又领着三岁的女儿到了贵夫人舱内，很难为情地说：

"按理说我们不该再给您添麻烦了。我二儿子的长相、嗓音极像死去的婆婆，把他送给您，总觉得像是抛弃了婆婆似的，实在太对不起我丈夫了。再说，孩子五岁了，也开始记事了。他已经懂得是我们抛弃他的。这太可怜了。如果您允许，我想用女儿换回他。"

贵夫人一听是想用女孩换走男孩，稍有点不高兴，看见母亲难过的样子，也只好同意了。

第三天上午，轮船快接近北海道的时候，夫妻俩又出现在贵夫人的卧舱里，什么话还没说就放声大哭。

"你们怎么了？"贵夫人问了好几遍。

父亲抽泣地说："对不起。昨晚我们一夜没合眼，女儿太小了，真舍不得她。把不懂事的孩子送给别人，我们做父母的心太残酷了。我们愿意把钱还给您，请您把孩子还给我们。与其把孩子送给别人，还不如全家一起挨饿……"

贵夫人听着流下同情的泪：

"都是我不好。我虽没有孩子，可理解做父母的心。我真羡慕你们。孩子应该还给你们，可这钱要请你们收下，是对你们父母心的酬谢，作为你们在北海道做工的本钱吧！"

家　日本　川端康成

——在这里所谓的盲，也可以不必当眼睛看不见的意思讲。他拉着双眼已盲的妻子的手，为了看一座出租的房子，在一处斜坡上，往上走着。

"那是什么声音？"

"竹林子的风声啊。"

"是啦，我好久不曾走出家里一步，几乎都已忘了竹叶的声音呢。现在的那个家，往二楼的楼梯梯阶，分得好细啊。刚搬过来的时候，我的脚步很难配合，吃了不少苦头。这个楼梯，如今才刚刚习惯了，你却说又要去看新房子了。对于眼盲的人，住惯了的老房子可就像自己的身体一样，每一个部分，每一个角落都了如指掌，所以就格外觉得亲切，就像对自己的身体的感觉一样。眼睛不瞎的人觉得死板没趣的房子，眼盲的人却可以和它水乳交融呢。想想看，今后可又有好阵子经常和新家的柱子撞个满怀，或是给门槛绊了脚什么的，是不是?"他放了妻子的手，打开了涂白漆的木门扉。

"哟，像是树木的枝叶繁茂的幽暗的院子似的。以后，冬天可就冷了。"

"是一座墙壁和窗子都显得阴沉沉的洋楼啊。看样子，住的是德国人了，这里还留着一个'里德曼'的名牌呢。"

然而一推开房子的大门，他却像是受到炫眼的亮光似的，侧转了上身。

"真不错。明亮得很。如果院子里是夜晚的话，这里头可就是白昼了。"

黄色和朱红色的粗条纹相间的壁纸，看起来好不热闹，有点像是节庆日里那种红白相间的帷幕。深红的窗帘，明亮得像是彩色电灯一般。

"有躺椅、有暖炉、有茶桌和椅子。衣橱、装饰灯——家具可说一应俱全了。你过来看看……"他说着，粗鲁地，像是要把妻子推倒似的，把她推到躺椅处让她坐下来。妻子就像一个笨拙的溜冰者一般，双手在空中慌乱挥摆着，在弹簧的反弹下摇荡着身子。

"喂，连钢琴也都有呢。"

让他拉着手，坐在暖炉旁边的一架小钢琴前面去的她，就像在碰触什么怕人的东西似的，把琴键敲打了一下。

"啊! 还会响呢。"

她于是弹起一只孩童歌来。这可能是她眼睛还看得见的少女时候学会而且依然记得的歌吧。他走进摆着好大办公桌的书斋里一看，紧邻着书斋的，竟是寝室。里头是一张双人床。床垫也一样用红白条纹的粗布料张成。一坐到那上头去，柔软而且具有弹性。妻子的钢琴渐渐地响出了快活的喜悦来。然而他也听见，是盲者的悲哀，偶或按错了琴键，她便小孩般地笑了起来。

"喂，你不来看看好大的一张床吗？"你说有多么不可思议——妻子在新来乍到，不知前后高低的屋子里，竟能像明眼的少女一般，稳健迈步走到寝室里来。两个人并肩坐到床边上去，彼此手搭着背，一面还像装有弹簧的玩偶一般，好乐好美地跃动弹跳了起来。妻子低声吹起口哨来。都已忘了时间了。

"这里是什么地方啊？"

"不知道。"

"到底是什么地方嘛。"

"反正不是你家就是了。"

"这样的地方如果到处都有，那该有多好。"

广告宣传时代　日本　星新一

早晨，N君离家去上班。他家住在公寓的三十五层楼上，要乘坐自动电梯下楼。

当电梯来到三十层楼的时候，一个孩子走进电梯。因为彼此都认识，N君向孩子打招呼说：

"小朋友，你上学去吗？"

"嗯，上学去。"

N 君摸了一下孩子的头顶说道：

"你真是个好孩子，要好好学习。"

不料孩子突然唱起歌来了。他唱道：

"请吃拉夫拉，请吃拉夫拉。"

拉夫拉是某食品公司的商品名，这孩子唱的歌是这个公司的广告宣传歌曲。他唱完歌曲，方才醒悟过来，不觉冲 N 君笑了一下。

电梯来到十五层楼时，又进来一名妇女。当电梯刚往下开动时，只听她说了一句：

"贝林的糖果味道最美。"

她说罢，似乎如梦方醒，急忙向 N 君打招呼：

"今天天气好。"

电梯来到一楼，大家都分手向外走去。

科学进步了。无论什么事，凡是一想到科学，就没有不能实现的。由于心理学和大脑生理学的发达，又研制成功了一种利用某种训练或某些药品来操纵人的条件反射而进行广告宣传的新技术。

所谓条件反射是这样，比如按电铃唤狗来喂食，狗只要一听电铃响，就立刻意识到要给它喂食，于是就马上流出口水来。这就叫条件反射。现在把它应用到人的身上，就采用了某种固定的形式。

也就是说，刚才在电梯里一摸孩子的头顶，他就立刻唱起食品广告的歌曲；当那中年妇女乘上电梯刚一下降时，就立刻说出贝林的糖果味道最美的广告宣传来等。他们之所以如此，就是因为他们每月都分别从企业里领取若干广告宣传费的缘故。

几乎每个人都把他们的一个或几个反射神经出租给企业，成为企业商品的广告宣传媒介了。人们蕴藏这种条件反射的可能性是无可限量的，而企业巧妙地利用这些可能性的才能也是无可限量的。

N 君坐上通勤地铁。这时正是上班时间，人特别拥挤。只听一个年轻姑娘用娇滴滴的声音自言自语地说："弗罗里那化妆品既高贵又优良。"因为有人拍了她肩膀一下才引起条件反射，使她说出这样的话来，而且说个不停。

当企业租到这些反射神经的时候，他们就一定能赚很多钱。它的租价多少，要看宣传的效果如何而定。N君心想，那个年轻姑娘说不定就是为了积攒结婚费用，才来充当宣传广告工具的吧。

如何使用自己的身体，是个人自由；用自己的身体来挣钱，也是个人自由。然而不许把个人的条件反射用于危险方面，也是理所当然的。无论一个人怎样需要钱，当他的手被门夹住的时候，他也决不会先喊完商品广告宣传，然后再喊疼痛。

车里坐着一个中年男人，大概因为昨晚失眠，打了个哈欠，就在口中念叨：

"啊，消除疲劳的营养药，数强力德敏最好。"

这时他对面一个青年打了一个喷嚏，就自言自语念叨：

"感冒应该服用鲁基药片。"

当然，青年是否服用了鲁基药片，不得而知，但这也是广告宣传媒介。这同某厂出产的收音机一样，它的宣传绝不仅限于这个工厂的产品。

N君忽然发现身后有人跟他说话：

"哎呀，好久不见，你好。"

N君急忙回头一看，原来是老同学。两人见面互相握手问候。N君问道：

"人物牌的咖啡最香。喂，你好。"

"嗯，好久不见了。我们到附近去喝一杯咖啡吧。可是你几时参加咖啡党了呢？"

"怎么？我说那话了吗？啊，对了。是我在握手时，条件反射地说出来了。那是由于我上一周租给公司反射神经的缘故。不过若是喝的话，我还是想喝带柠檬的红茶"。

N君同老同学走出地铁，在咖啡馆闲谈一会儿，互相打听了商情。他发现他的老同学每当熄灭香烟头的时候，嘴里总是说："你旅行的时候，请你住恩杰尔旅馆。"他也把反射神经租出去了。

因为和同学喝了咖啡，上班就迟到了。这时电梯里人已经很少。开电梯的姑娘笑着向N君点了点头。姑娘长得比较美，N君不无好意地打趣道：

"你怎么总是这样漂亮呀。"

N君凑到姑娘身边低声说了一句，并悄悄地吻了她一下。姑娘并没有严词拒绝，只是出神地也说了一句广告宣传：

"卡培拉果汁比接吻还甜。"

这又是最近畅销的果汁名。

"噢，你把接吻的条件反射也当做宣传媒介出租了，真令人吃惊。"

说罢，N君在自己公司的那层楼走出了电梯。这些广告宣传刚时兴的时候，确曾感觉吃惊，可是今天已经普及了，所以也就无所谓了。从早晨一开始就听到无数商品的名称，但过耳就忘，毫无记忆。人类所蕴藏的可能性是无可限量的，但是人类所蕴藏的适应能力比它更大。

雪夜　日本　星新一

雪花像无数白色的小精灵，悠悠然从夜空中飞落到地球的脊背上。整个大地很快铺上了一条银色的地毯。

在远离热闹街道的一幢旧房子里，冬夜的静谧和淡淡的温馨笼罩着这一片小小的空间。火盆中燃烧的木炭偶尔发出的响动，更增浓了这种气氛。

"啊！外面下雪了。"坐在火盆边烤火的房间主人自言自语地嘟哝了一句。

"是啊，难怪这么静呢！"老伴儿靠他身边坐着，将一双干枯的手伸到火盆上。

"这样安静的夜晚，我们的儿子一定能多学一些东西。"房主人说着，向楼上望了一眼。

"孩子大概累了，我上楼给他送杯热茶去。整天闷在屋里学习，我真担心他把身体搞坏了。"

"算了，算了，别去打搅他了。他要是累了，或想喝点什么，自己会下楼来的。你就别操这份心了。父母的过分关心，往往容易使孩子头脑负担过重，反而不好。"

"也许你说得对。可我每时每刻都在想，这毕业考试不是件轻松事。我真盼望孩子能顺利地通过这一关。"老伴儿含糊不清地嘟哝着，往火盆里加了几块木炭。

突然，一阵急促的敲门声打破了这寂静的气氛。

两人同时抬起头来，相互望着。

"有人来。"

房主人慢吞吞地站了起来，蹒跚地向门口走去。随着开门声，一股寒风带着雪花挤了进来。

"谁啊？"

"别问是谁。老实点，不许出声！"

门外一个陌生中年男子手里握着一把闪闪发光的匕首。声音低沉，却掷地有声。

"你要干什么？"

"少啰嗦，快老老实实地进去！不然……"陌生人晃了晃手中的匕首。房主人只好转身向屋子里走去。

精彩绝伦的微型小说

老伴儿迎了上来："谁呀？是找我儿子……"她周身一颤，后边的话咽了回去。

"对不起，我是来取钱的。如果识相的话，我也不难为你们。"陌生人手中的匕首在炭火的映照下，更加寒光闪闪。

"啊，啊，我和老伴儿都是上了年纪的人，不中用了。你想要什么就随便拿吧。但请您千万不要到楼上去。"房主人哆哆嗦嗦地说。

"噢？楼上是不是有更贵重的东西？"陌生人眼睛顿时一亮，露出一股贪婪的神色。

"不，不，是我儿子在上面学习呢。"房主人慌忙解释。

"如此说来，我更得小心点。动手之前，必须先把他捆起来。"

"别，别这样。恳求您别伤害我们的儿子。"

"滚开！"

陌生人三步两步蹿上楼梯。陈旧的楼梯发出吱吱呀呀的声音。

两位老人无可奈何，呆呆地站在那里。

突然，咔嚓一声，随着一声惨叫，一个沉重的物体从楼梯上滚落下来。

房主人从呆愣中醒了过来，慌忙对老伴儿说："一定是我们的儿子把这家伙打倒的。快给警察挂电话……"

很快，警察们赶来了。在楼梯口，警察发现了摔伤了腿躺在那里的陌生人。

"哪有这样的人，学习也不点灯。害得我一脚踩空。真晦气。"陌生人一副懊丧的样子。

上楼搜查的警察很快下来了。

"警长，整个楼上全搜遍了，没有发现第二个人，可房主人明明在电话中说是他儿子打倒的强盗，是不是房主人神经不正常？"

"不是的。他们唯一在上学的儿子早在数年前的一个冬天死了。可他们始终不愿承认这一事实。总是说，儿子在楼上学习呢。"

谁也没有再说话。屋里很静，屋外也很静。那白色的小精灵依然悠悠然然地飞落下来……

再 会　日本　阿刀田高

和冯君相识成友，是在高中一年级的时候。校园里，樱花正纷纷飘落雪一般白白的花瓣。

"你，将来打算做什么啊？"我这么一问，坐在我旁边座位上的冯君便露出看起来颇带孩子气的暴牙，小好意思地笑了笑。

"我，希望能考进医学院。"

"啊？这倒真巧。我将来也想当医生啊。"

"你打算考哪一所大学？"

"目前也只打算考 A 大学的医学院。你呢？"

"我也一样。"

只不过因为志愿相同，志趣相投，我们立刻便成了挚友。想进入医学院可不容易。我们互勉互励，也彼此竞争。岁月匆匆，不旋踵，高中生活也近尾声，大学入学考试的季节眼看也日渐逼近。我们——我和冯君——也都照当初所预定的，向 A 大学的医学院报了名。

"拼了！"

"如果我们两个都能上榜，那该多美。"

"准会的。我们在 A 大学的校园里再会了！"

"好。一定要啊！"

"会的，一定会！"我们就像小孩子一般钩钩小指头相约相誓。冯君一如往常，也露出他那商标似的大暴牙笑了起来。五天后，放榜，榜上却只找到我的名字。

"真叫人难过。"

"那也没办法。我的实力不够么。"

"不不，那是运气不好。"

"你不用安慰我。我，是不会气馁的。我会再埋头苦拼一年的，明年再来挑战。"

"对。就是这个话。我会在校园里迎接你。"

"好啊。"

再钩了钩小指头。进了大学之后，和冯君见面的机会也就不太多了。偶尔打个电话给他，他似乎总是在苦读，猛拼似的。入学考试的季节再次来临，冯君也再次向 A 大学的医学院挑战，然而发榜的时候，榜上依然没有他的名字。我实在找不出什么话来安慰他。

"没关系，我会再拼一次。"

"对啊，明年……"

"嗯，我要拼。"

冯君强颜欢笑着说，其实看他那背影，我知道他已经萎靡下去了。消息也时有时无。岁暮将近的时候，我听说冯君的父亲过世了。他母亲呢，就我所知，老早就已不在了……——这可真不得了。他到底要怎么办？这样子不时为他担忧、着急之间，不多久，入学考试的季节又来临了，这一次，榜上依然找不着冯君的姓名。新的学期开始。我依然看不到冯君的影子。我郁郁不乐地独自在校园踱步。——人的命运多不可思议啊。高中一年级的时候，想都没想到会有这么不同的人生历程。冯君的成绩和我的只在伯仲之间。我早平安无事地进入大学，而冯君却依然不能确定他的人生方向。当年在校园里的誓约早已随风飘到天边去了。听到上课铃响，我于是走进教室里去。四周围都是钢筋水泥壁的教室使我感到寒意。白衣的讲师走进教室，开始讲起课来。我大吃一惊。冯君……那个冯君居然会在医学院的教室里……说是再会，这想必也算是一种再会吧。冯君仍然露出他那大暴牙笑着。那笑，多少含有难为情的味道——他躺在水槽里。今天上的课目，是头一次的人体解剖。

"那么，我们就开始吧。"

讲师手握手术刀，先向我们点头示礼。

墙　日本　吉行淳之介

　　从病房的窗口，可以看到左右各有一幢病房。许许多多的窗。可没有一个是开着的。围在"凵"字形之间的内院和用钢筋水泥建造的三幢病房都已古旧而呈灰色。不见人影的内院的另一边是条道路，不过给水泥砌成的高墙遮挡着，也见不到墙外的车和行人。围墙的那边，可以看到一幢木造的洋楼。洋楼是矩形的三层楼建筑。在尖状屋顶的斜面后方，露着灰色的天空。它看起来是私人住宅，可是窗口也是紧闭着。建筑物上爬满了常春藤，它绿色的叶子是让人能感受到"生"的气息的唯一的色彩。躺在床上的女人看起来是三十岁刚过的年龄。站在窗口边，望着窗外的，是个三十五六岁的男人。真想从窗口走出外面，走过内院，越过墙，走到那边的洋楼人家去。可是似乎又觉得如果真这么试试，左右两侧建筑物上的所有窗口都会变成枪眼，一齐喷出火花来。女人从病床下来，走到他身边。这家病院是只有疑似癌症的病人才会住进来的地方。不过女人的起居行动却也别无异样之处。这一刻，正是患部组织检查的结果即将出来的时刻。

"你还是躺着吧。"

男的离开窗口，把女人推回病床上，不想让她看到窗外的景色。

"我，早知道了。"

女人说。

"……"

"这样的景色看起来叫人沮丧，对不？"

"所以就不必看了。"

门开了，护士向男人打招呼，叫他。五分钟后，男人又回到病房来。

"已经没事了。"

说着，他又站到窗口去。从病床下来的女人走到他身边来："那是说，可以出去了？"

"可以出去了。"

"可是，是不是真的……。"

"是真的啊。说起来倒有点不敢相信。这次，可真着实给折磨够了。"

男人这么说了，却还是一直面向窗外，望着。

悬崖　日本　广津和郎

是去年的事。父亲住进知多半岛师崎的医院，所以从九月初，我就带着翻译的工作到该地去住了一个月。这所医院两三个月前才落成，设备还不齐全，但颇自由闲适。病愈的人只要付住宿费，不吃药，也可以毫不客气地住下去。父亲的病几乎已经完全好了；医生也说不必再吃药。所以父亲与其说是住院，倒不如说和母亲一起租了一个房间，过着自炊生活。我在距医院三百米远的地方租到了安静的房间，只有三餐到父母那边去吃。这市镇是名古屋附近的人避暑避寒的度假区，但不像东京附近的海岸那样华美庸俗，显得质朴平和，我很喜欢。我当时身体不好，并不觉得什么地方特别不适，只是身体非常虚弱，容易疲倦。医院病人在海风吹拂下，多半肤色黝黑，我苍白的脸色反而特别醒目，看来我比他们更像病人。我做事耐性不够，常常独自一人在海岸边行走。这市镇在知多半岛最突出的地方，面对渥美湾。这内海由蜿蜒如蛇的渥美半岛护卫着，与外洋相隔，有许多小岛屿，宛如湖水，沉静而美丽，单看这市镇的海岸线，那曲折的姿态也蕴涵相当复杂的情趣，愉悦我的双眸。我拿着手杖，一面观览四周景色，一面散步，心中不禁涌起沉静的幸福感。父亲的病已经痊愈。从去年的病情看来，父亲恢复得意外快速，我真欣喜异常，此外再也没有什么可挂心的了。我已经很久没有用无忧无虑的开朗心情面对自然风景了。海岸右端有一座小丘陵，形成小小的岬角，向海上突出；丘陵上有某个神社。当地人把神社附近——整个丘陵——视为神圣之地。那儿的草木之花，不论什么人都不可采摘。我经常走到丘陵上，眺望海景。这小小的岬角不仅是师崎港的墙壁，而且位于渥美湾和伊势湾的正中。往左，渥美湾边的低矮群山隐约可见；往右，可以看见伊势湾彼岸高山重叠耸立。我站在丘陵最末端，眺望海山辽阔雄伟的风光，觉得内心顿时开阔起来；从丹田拼力发出巨大声音，"呵！"地扬起拖得很长的喊声。我有了类似欢喜的感觉。同时，在自己的声响中听到一种沉闷的爆裂声，仿佛心中长期因种种事情累积的忧郁瞬间爆发出来。一天午后，我从岬角俯视师崎镇良久。小港中，渔船猬集。天气晴朗，闪耀着明亮的碧蓝，回映初秋的阳光。我认出了曲折的海岸线和大海的色调，以及海岸线边小小的家屋和家屋后面的绿色丘陵，还看到倾注在这一切之上的阳光，更在这一切之中看出一种难以言诠的和谐，我真想画一幅很久没画的图画，在心中构思起鸟瞰图。我看见一个人从相距五六百米的医院走廊走到海岸的沙丘上。我立刻知道那是我父亲。父亲站在岸上，手挡额前，以防眩人的阳光直射双眼，一面望着这边。我以童稚的喜悦守望着父亲的行动。父亲伫立一会，挥了挥手。我不知道那是什么意思。我也挥手回应父亲。父亲又消失在医院中，我走下丘陵，沿着海岸回去。突然看见一块崖崩滚滚的巨石落在路边，停下了脚步。那巨石看来淡青色，表面光滑，似乎很坚硬，我用手杖敲敲。那看来坚硬的石块竟在手杖一击之下生出许多裂痕。我很感兴趣，蹲下身子，又用手杖敲打石块。那巨石宛如刚解石出罅一样，舒缓地掉了一块下来。我觉得很舒服。仔细观看，那缺掉一块的石面呈赤锈色。我不知道这是什么石头，可是，看到那锈色的时候，我生起一种想象，认为那部分沁入雨水后，自然而然产生了眼睛看不见的裂痕。这时，父亲突然从我背后发出声音。我起身拂去手上沙子，回过头来，父亲快步走到我身边。

"喂，有什么事吗？"父亲急步走来，喘着气，很担心地说。

"没有。"

我对父亲的问话诧异得睁大了眼睛。

"那就好……刚才就很担心，深怕你站在悬崖上，晕眩掉下来……你本来就常常会发晕……"呵，刚才父亲从医院前的海岸向我挥手，原来是为了这个原因。……我笑着说："不要紧。我站立的地方距悬崖边还有六尺远哪！"

"真的？从医院看去，你仿佛就站在崖边上哪。……以为你已经从那里下来，想不到却蹲在这里，我想你一定又发晕了……"

父亲和我相望而笑，然后一道向医院行去。第二天清晨，我到医院吃早餐，平时这时候父亲已起床，这天却还沉睡未起，我颇感意外，不安地问道："有什么不对劲吗？"

"嗯，今早吐血了。"

父亲低声说，"我也不知道为什么会这样。本以为不会再有这种事了……"我非常惊讶，打开父亲枕边的陶器痰盂盖看，里面有相当多乌黑的血。父亲不时咳嗽。每次都有少量的血杂在痰中咳出。不久，院长来诊察。父亲的病可能又回到以前的样子了，我盯着院长的脸孔不放。他是刚从大学毕业的年轻医学士，看来颇沉稳。

"胸部没有什么异样，听不见一点空洞音。呼气听来虽然拖长了一点，不过这一般人也会有。"

说着，院长又查看一下痰盂。

"哦，"他说着颔首，"血色很黑，是旧血，不是刚刚咳出来的。一定是以前咳出的血蕴积在什么地方，再咳出来的。"

父亲露出很意外的表情。我也搞不清楚是怎么回事。

"最近有没有做过激烈的运动？"

"这个，"父亲想一想，"也没有什么特别激烈。两星期前，曾跟 M 大夫一起爬山……"

"不，不是那么久以前。……总之，不要担心，今明两天，好好躺一躺，很快就会复原。"

院长回去了。父母和我稍微放下心。父亲遵从院长的嘱咐，静静躺了两天。第三天，已完全复原，又像以前那样起床，到外头散步。这次吐血，原因始终没有查明，不知不觉间也就遗忘了。父亲现在跟我们一起住在镰仓，健康已完全恢复，比生病前肥胖，体重甚至比年轻时更重。距那次住院已过了一年，我突然想起，父亲那次吐血可能是因为看见我站在那悬崖上，忧惧得刺痛了心。院长说，是由于激烈的运动，然而纵使不是激烈的运动，过度的忧心一定也会产生同样的结果。尤其像我父亲这样神经极度敏感的人，这种事更有可能。这么一想，更觉难过，"哦，好危险！"不安感随之而起。我开始想到这件事的时候，自己身边的事情似乎都骤然涌现在脑海中。

纽扣 日本 内海隆一郎

在路边上有个无人售货亭。杉田把自家种的萝卜、小油菜、胡萝卜等蔬菜摆在约有半张席大小的货架上。

蔬菜一袋从一百元到二百元不等，买菜的人把硬币投到用铁丝吊着的空罐头盒里即可。

到无人售货亭来买菜的多为农田前面小区或对面公寓里的人。因为这里的蔬菜比站前超市便宜得多，所以每天摆出的蔬菜从来没剩过。

"嗨，又有一个。"

黄昏时，杉田从铁皮盒往外倒硬币时说。他的手指闪着一个比百元硬币大一圈的黑色圆形纽扣。这颗纽扣好像用黑色贝壳做的，中间有呈井字状的四个穿线孔。放在明亮处，纽扣闪着美丽的光泽。

"真不像话，用纽扣代替钱。"

这一个月以来，已经发现三颗同样的纽扣。虽然没什么用处，但扔掉可惜，所以用胶带纸黏在墙上。这是第四颗。

在此以前，发生过几次拿走菜不给钱的事。杉田贴了张纸条，上写"拿菜不付钱就是小偷"！从那以后，再没有丢过菜。

"肯定是看错了。"杉田生气地想。

用纽扣来换精心种养的蔬菜不合道理。

"准是那个老太太。"

他眼前浮现出在田里干活时经常看到的那个老太太。她清瘦、高个，有点驼背，拄着手杖，摇摇晃晃地走着。从那走路的姿态，可以看出，她以前是个风姿绰约的女人。

可是，只要她来买土豆、胡萝卜，钱盒里肯定有纽扣。"她是怎么想的，难道以为纽扣是百元硬币？"

话虽然这样说，但总不能在她往钱盒里投纽扣的刹那间把她抓住。

"也许她真把这纽扣当成了百元硬币。"

杉田看着那纽扣，突然想起了十几年前死去的母亲。

——妈妈在处理旧衣服和衬衫时，总要把扣子剪下来。各种各样的扣子装了整整一点心盒。

也许这个老太太把扣子盒误认为贮钱箱了！

当杉田平静下来时，许久不见的女儿回来了。

"嗨，这是怎么了？"

女儿兴致勃勃地指着墙上的扣子说。

女儿从设计专科学校毕业后结婚，现在在一家室内装修店打工。

杉田阴沉着脸把事情讲了一遍，女儿两眼闪光。

"给我吧。"

"这是卖菜的钱，一个相当一百元。"

"我给你四百元。"

"什么？扣子值那么多吗？"

"这是用黑蝶贝做的纽扣。雕工也好。原来肯定是用在高级礼服上的。"

"这么贵重？"

"现在买，一个的价钱就吓你一跳。这样高级的扣子，可以卖……"

杉田边听边想起了那个老太太走路的姿态。

食欲 日本 都筑道夫

他吃，拼命地吃。盘子一下子就空了。空盘子上面又摞上空盘子。他咂咂嘴，凝视着盘子堆成的山。

"妈的，怎么这么饿！"他厌恶地嘟囔着，闭上眼睛。眼皮底下鲜明地浮现他刚吃的盛馔。有百科辞典那么厚的牛排，有像扫帚似的芹菜，有涂着厚厚一层蛋黄酱的龙须菜，有像富士山似的马铃薯泥。他摇摇头。

"不用这么丰盛的佳肴，只要能够平息我这厉害的空腹感，什么都行。管它好不好吃，都没关系。呸，真想吃东西。我为什么必须受这么大的折磨！"他翻了个身，仰视白色的天花板。他一步也不能离开这个房间。准许他干的只有看电视。他又把视线转向相距不远的电视机。荧幕上正演着爱情剧。一个穿日本和服的女人呜呜恸哭，哭个没完没了。在这种时候还叫他听哭声，可真受不了。并且，说不定什么时候佳肴又会在他眼前堆成山，他又会以超人的速度把它们吃完，却不能果腹。他呻吟一声，瞪着电视。女人还在涕泣。他想关上电视，却又懒得探身伸手。他又闭上眼睛，他打算想个什么办法摆脱这种痛苦。但是一睁眼，他眼前又成排地摆着一盘盘的牛排。他咽下唾液。正在他一手拿刀一手拿叉狼吞虎咽时，房门打开了。进来的护士，惊视着荧幕。

"哎哟，给这种开胃药在商业节目里做广告的原来就是你呀？"

"因为我块头大，人家才叫我担任拼命吃喝的角色。看电视，我不断出来大口大口地吃，而自己的肚子却空空如也，反而饿得慌。请把电视关上。"

这个由过度劳累引起神经性胃炎而卧病的商业演员从病床上发出哀鸣。

桔子 日本 芥川龙之介

冬天的一个夜晚，天色阴沉，我坐在横须贺发车的上行二等客车的角落里，呆呆地等待开车的笛声。车里的电灯早已亮了，难得的是，车厢里除我以外没有别的乘客。朝窗外一看，今天和往常不同，昏暗的站台上，不见一个送行的人，只有关在笼子里的一只小狗，不时地嗷嗷哀叫几声。这片景色同我当时的心境怪吻合的。我脑子里有说不出的疲劳和倦怠，就像这沉沉欲雪的天空那么阴郁。我一动不动地双手揣在大衣兜里，根本打不起精神把晚报掏出来看看。

不久，发车的笛声响了。我略觉舒展，将头靠在后面的窗框上，漫不经心地期待着眼前的车站慢慢地往后退去。但是车子还未移动，却听见检票口那边传来一阵低齿木屐的"吧嗒吧嗒"声；霎时，随着列车员的谩骂，我坐的二等车厢的门"咯嗒"一声拉开了，一个十三四岁的姑娘慌里慌张地走了进来。同时，火车使劲颠簸了一下，并缓缓地开动了。站台的廊柱一根根地从眼前掠过，送水车仿佛被遗忘在那里似的，戴红帽子的搬运夫正向车厢里给他小费的什么人致谢——这一切都在往车窗上刮来的煤烟之中依依不舍地向后倒去。我好容易松了口气，点上烟卷，这才无精打采地抬起眼皮，瞥了一下坐在对面的姑娘的脸。

那是个地道的乡下姑娘。没有油性的头发挽成银杏髻，红得刺目的双颊上横着一道道皲裂的痕迹。一条肮脏的淡绿色毛线围巾一

精彩绝伦的微型小说

直奔拉到放着一个大包袱的膝头上，捧着包袱的满是冻疮的手里，小心翼翼地紧紧攥着一张红色的三等车票。我不喜欢姑娘那张俗气的脸相，那身邋遢的服装也使我不快。更让我生气的是，她竟蠢到连二等车和三等车都分不清楚。因此，点上烟卷之后，也是有意要忘掉姑娘这个人，我就把大衣兜里的晚报随便摊在膝盖上。这时，从窗外射到晚报上的光线突然由电灯光代替了，印刷质量不高的几栏铅字格外明显地映入眼帘。不用说，火车现在已经驶进横须贺线上很多隧道中的第一个隧道。

在灯光映照下，我溜了一眼晚报，上面刊登的净是人世间一些平凡的事情，媾和问题啦，新婚夫妇啦，渎职事件啦，讣闻等等，都解不了闷儿——进入隧道的那一瞬间，我产生了一种错觉，仿佛火车在倒着开似的，同时，近乎机械地浏览着这一条条索然无味的消息。然而，这期间，我不得不始终意识到那姑娘正端坐在我面前，脸上的神气俨然是这卑俗的现实的人格化。正在隧道里穿行着的火车，以及这个乡下姑娘，还有这份满是平凡消息的晚报——这不是象征又是什么呢？不是这不可思议的、庸碌而无聊的人生的象征，又是什么呢？我对一切都感到心灰意懒，就将还没读完的晚报撤在一边，又把头靠在窗框上，像死人一般合上眼睛，打起盹儿来。

过了几分钟，我觉得受到了骚扰，不由得四下里打量了一下。姑娘不知什么时候竟从对面的座位挪到我身边来了，并且一个劲儿地想打开车窗。但笨重的玻璃窗好像不怎么好打开。她那皲裂的腮帮子就更红了，一阵阵吸鼻涕的声音，随着微微的喘息声，不停地传进我的耳际。这当然足以引起我几分同情。暮色苍茫之中，只有两旁山脊上的枯草清晰可辨，此刻直逼到窗前，可见火车就要开到隧道口了。我不明白姑娘为什么特地要把关着的车窗打开。不，我只能认为，她这不过是一时的心血来潮。因此，我依然怀着悻悻的情绪，但愿她永远也打不开，冷眼望着姑娘那双生着冻疮的手拼命要打开玻璃窗的情景。不久，火车发出凄厉的声响冲出隧道；与此同时，姑娘想要打开的那扇窗终于"咯吱"一声落了下来。一股浓黑的空气，好像把煤烟融化了似的，忽然间变成令人窒息的烟屑，从方形的窗洞滚滚地涌进车厢。我简直来不及用手绢蒙住脸，本来就在闹嗓子，这时喷了一脸的烟，咳嗽得连气儿都喘不上来了。姑娘却对我毫不介意，把头伸到窗外，目不转睛地盯着火车前进的方向，一任划破黑暗刮来的风吹拂她那挽着银杏髻的鬓发。她的形影浮现在煤烟和灯光当中。这时窗外眼看着亮起来了，泥土、枯草和水的气味凉飕飕地扑进来，我这才好容易止了咳，要不是这样，我准会没头没脑地把这姑娘骂上一通，让她把窗户照旧关好的。

但是，这当儿火车已经安然钻出隧道，正在经过夹在满是枯草的山岭当中那疲惫的镇郊的道岔。道岔附近，寒碜的茅草屋和瓦房顶鳞次栉比。大概是扳道夫在打信号吧，一面颜色暗淡的白旗孤零零地在薄暮中懒洋洋地摇曳着。火车刚刚驶出隧道，这当儿，我看见了在那寂寥的道岔的栅栏后边，三个红脸蛋的男孩子并肩站在一起。他们个个都很矮，仿佛是给阴沉的天空压的。穿的衣服，颜色跟镇郊那片景物一样凄惨。他们抬头望着火车经过，一齐举起手，扯起小小的喉咙拼命尖声喊着，听不懂喊的是什么意思。这一瞬间，从窗口探出半截身子的那个姑娘伸开生着冻疮的手，使劲地左右摆动，给温煦的阳光映照成令人喜爱的金色的五六个桔子，忽然从窗口朝送火车的孩子们头上落下去。我不由得屏住气，顿时恍然大悟。姑娘大概是前去当女佣，把揣在怀里的几个桔子从窗口扔出去，以犒劳特地到道岔来给她送行的弟弟们。

苍茫的暮色笼罩着镇郊的道岔，像小鸟般叫着的三个孩子，以及朝他们头上丢下来的桔子那鲜艳的颜色——这一切一切，转瞬间就从车窗外掠过去了。但是这情景却深深地铭刻在我心中，使我几乎透不过气来。我意识到自己由衷地产生了一股莫名其妙的喜悦心情。我昂然仰起头，像看另一个人似的定睛望着那个姑娘。不知什么时候，姑娘已回到我对面的座位上，淡绿色的毛线围巾仍旧裹着她那满是皲裂的双颊，捧着大包袱的手里紧紧攥着那张三等车票。

直到这时我才聊以忘却那无法形容的疲劳和倦怠，以及那不可思议的、庸碌而无聊的人生。

蛙 日本 芥川龙之介

在我住所旁边，有一个旧池塘，那里有很多蛙。池塘周围，长满了茂密的芦苇和菖蒲。在芦苇和菖蒲的那边，高大的白杨林矫健地在风中婆娑。在更远的地方，是静寂的夏空，那儿经常有碎玻璃片似的云，闪着光辉。而这一切都映照在池塘里，比实际的东西更美丽。蛙在这池塘里，每天无休无止地叫着。乍一听，那只是叫声。然而，实际上却是在进行着紧张激烈的辩论。蛙类之善于争辩并不只限于伊索的时代。那时在芦苇叶上有一只蛙，摆出大学教授的姿态，说道："为什么有水呢？是为了给我们蛙游泳。为什么有虫子呢？是为了给我们蛙吃。"

"对呱！对呱！"池塘里的蛙一片叫声。辉映着天空和草木的池塘的水面，几乎都让蛙给占满了，赞成的呼声当然也是很大的。恰好这时候，在白杨树根睡着一条蛇，被这儿的喧闹声给吵醒了。于是抬起镰刀似的脖子，朝池塘方向看，困倦地舔着嘴唇。

"为什么有土地呢？是为了给草木生长。那么，为什么有草木呢？是为了我们蛙遮阴用。所以，整个大地都是为了我们蛙啊！"

"对呱！对呱！"蛇，当它第二次听到这个赞成的声音的时候，便突然把身体像鞭子似的挺起来，优哉游哉地钻进芦苇丛里去，黑眼睛闪着光辉，凝神窥伺着池塘里的情况。芦苇叶上的蛙，依然张着大嘴巴进行雄辩。"为什么有天空呢？是为了悬起太阳。为什么有太阳呢？是为了把我们蛙的脊背晒干。所以，整个的天空也都是为了我们蛙的啊！水、草木、虫子、土地、天空、太阳，总之所有的一切都是为了我们蛙的。'森罗万象，悉皆为我'这一事实，已完全没有任何怀疑的余地。当敝人向各位阐明这一事实的同时，还愿向为我们创造了整个宇宙的神，敬致衷心的感谢！应该赞颂神的名字啊！"蛙仰望着天空，转动了一下眼珠儿，接着又张开大嘴巴说："应该赞颂神的名字呵……"话音刚落，蛇脑袋好像抛出去似的向前一伸，转眼之间这雄辩的蛙被蛇嘴叼住了。

"糟啦！"

"糟啦！"在池塘里的蛙一片惊叫声中，蛇咬着蛙藏到芦苇里去了。这之后的激烈吵闹，恐怕是这个池塘开天辟地以来从来也没有过的啊。在一片吵闹声中，我听到年轻的蛙一边哭一边说："水、草木、虫子、土地、天空、太阳，都是为了我们蛙的。那么，蛇是干什么的呢？蛇也是为了我们蛙的吗？"

"是呀！蛇也是为了我们的。要是蛇不来吃，蛙必然会繁殖起来。要是繁殖起来，池塘世界必然会狭窄起来。所以，蛇就来吃我们蛙。被吃的蛙，也可以说是为多数蛙的幸福而作出的牺牲。是啊，蛇也是为了我们蛙的！世界上所有的一切，悉皆为蛙！应该赞颂神的名字啊！"我听到一只年老的蛙这么回答道。

信 念　　日本　武田泰淳

将军回到故乡，什么人也不见。镇里的人不知道他已返乡。他

精彩绝伦的微型小说

已经憔悴得别人见了也不会认得了。他登上有古城堡的山丘，那儿建了他的铜像，背靠着藻类浮游的蓝黑色护城河。铜像手握宝刀，傲然俯视全镇。前将军悄然在自己铜像四周走来走去。现在，铜像宛如陌生人，傻愣愣的，但是他依然苦笑相看，不肯离去。一天，铜像被一群年轻人推倒，遗弃在护城河边，准备送到别的地方去。铜像蓝黑僵硬的脸仰望天宇，依然狂傲之至。他摸摸倒在地上的铜像躯体，比石头还冷；突然看见一个老太婆蹲在铜像泛白的基石上，石上放了一束花。

"这是一个了不起的人物。"

她说，并没有发觉自己说话的对象是谁。她的儿子入伍后分发到将军指挥的师团里。

"因为遗骨和公报都没有，只有这先生最可靠。"

她告诉他说，她每天都来拜铜像。接着又说："如果这先生活着，我儿子也会活着；他死了，我儿子也一定死了。"

前将军吃了一惊，停下脚步，随即离开了老太婆和铜像。从那天起，他很怕见到那个老太婆。铜像还没搬走，浑身沾满泥巴，脏污不堪。自己的化身如此凄惨邋遢，使他非常难过。那情景仿佛自己裸身倒在地上，丢人现眼一般。

"最好推落到护城河中！"他想。铜像底下的泥土已被雨淋得松软，也许稍一用力，就会滑落下去。他独自悄悄用力推。一天傍晚，铜像倾斜了，从枯草的斜坡上滑下去，接着发出钝钝的声音，冒起白圆的泡沫，沉入护城河。他挺起酸痛的腰杆，愣愣地俯视护城河的水渐归平静。突然有人使劲从背后推他，他往前扑倒。"你干什么！要受惩罚！"那老太婆站在晚霞中，气得小小的身体颤动不已。

"你为什么要对他做这种事，他……"老太婆诅咒他，向他吐口水，哭叫着从山路奔下去。

梦　日本　夏目漱石

做了这样的梦。背着六岁的孩子；的确是自己的儿子。然而，怪的是，不知什么时候，眼睛竟然盲瞎，变成毛头小伙子了。我问："你眼睛什么时候瞎的？"回道："很早以前。"

声音确是小孩子的，用词却是大人的，而且彼此对等，没有尊卑之分。左右是碧绿的田。道路狭小，鹭鸶的影子时时映在黑暗中。

"走到田里了？"背后说。

"你怎么知道？"回首向后问道。

"不是有鹭鸶鸣叫吗？"对方回答。鹭鸶果然叫了两声。纵是自己的儿子，我也觉得有点恐惧。背着这样的东西，前途不知会变成什么样。难道没有可抛置的地方？我望着前方，发现黑暗中有一大片森林。那地方大概可以，才这么一想，背后就发出声音："呵，呵。"

"笑什么？"孩子没有回答，只问道，"爸爸，很重吗？"

"不重。"

"会越来越重噢！"我默默朝森林走去。田间道路不规则，蜿蜒如蛇，很难走出去。不一会，来到双岔路。我站在路口歇一下。

"应该有石碑。"

小伙子说。不错，有一块八寸宽的方形石头耸立着，高及腰际。在黑暗中也可以明显看到上有"左往日洼，右往堀田原"的红色字样。红字的颜色很像蝾螈的腹部。

"往左边好了。"

小伙子命令。往左看，前方森林暗黑的影子从高空投向我俩头上。我有点犹豫。

"不必顾忌。"

小伙子又说。我只好往森林那边走去。心想：虽然盲瞎，却什么都知道。一面直往前走，背后说："盲瞎总不方便啊。"

"所以我才背你呀。"

"让你背，实在过意不去。但不能瞧不起人啊。就是被父母瞧不起，我也不愿意。"

我不由得厌烦起来。想尽快到森林去把他丢掉，便加快了脚步。

"我知道再走一会就到了——正是这样的晚上。"

背后独语般地说。

"什么？"我尖声问道。

"你说什么——你不是已经知道了吗？"孩子嘲弄般回答。这么一来，我仿佛已有所悟，但仍然无法清楚知道。想来再往前走一下就可以知道。知道了反而麻烦，还是在不知道的时候，尽快抛弃，比较放心。我愈发加快脚步。刚才就下雨了。路越来越黑。拼命往前走。那小伙子钉在自己背上，像镜子一样闪闪发亮，照出了自己的过去、现在与未来，没有一样遗漏；而且是自己的儿子，更是双目盲瞎。我越来越难以忍受。

"这里，是这里。就是那棵杉树下。"

在雨声中，小伙子的声音清晰可闻。我不禁停下脚步，不知不觉间已走进森林里。一丈前的黑影看来就是小伙子所说的杉树。

"爸爸，就是那棵杉树下。"

"是的。"

我不由得答道。

"是文化五年（1808年）戊辰年吧？"不错，想来似乎是文化五年戊辰年。

"一百年前，你杀了我。"

一听到这句话，脑海里突然闪现出一种自觉：在一百年前文化五年戊辰年的一个这样黑暗的晚上，我在这杉树下杀了一个瞎子，当我发觉自己竟是杀人凶手时，背上的孩子顿时像石雕地藏一样沉重。

虚度的时光 意大利 布扎蒂

埃斯特·卡西拉买了一幢豪华的别墅。此后，他每天下班回来，总看见有个人从他花园里扛走一只箱子，装上卡车拉走。

他还来不及叫喊，那人就走了。这一天他决定开车去追。那辆卡车走得很慢，最后停在城郊的峡谷旁。

卡西拉下车后，发现陌生人把箱子卸下来扔进了山谷。山谷里已经堆满了箱子，规模、式样都差不多。

他走过去问："刚才我看见您从我家扛走一只箱子，箱子里装的是什么？这堆箱子又是干什么用的？"

那人打量了他一眼，微微一笑说："您家还有许多箱子要运走，您不知道？这些箱子都是您虚度的日子。"

"什么日子？"

"您虚度的日子。"

"我虚度的日子？"

"对。您白白浪费掉的时光、虚度的年华。您曾盼望美好的时光，但美好时光到来后，您又干了些什么呢？您过来瞧瞧，它们个个完美无缺，根本没有用过，不过现在……"

卡西拉走过来，顺手打开了一个箱子。

箱子里有一条暮秋时节的道路。他的未婚妻格拉兹正在那里慢慢走着。

他打开第二个箱子，里面是一间病房。他弟弟约苏躺在病床上等他归去。

他打开第三个箱子，原来是他那所老房子。他那条忠实的狗杜克卧在栅栏门口等他。它等他两年了，已经骨瘦如柴。

卡西拉感到心口被什么东西夹了一下，绞疼起来。陌生人像审判官一样，一动不动地站在一旁。

卡西拉说："先生，请您让我取回这三只箱子吧。我求求您。起码还给我三天吧。我有钱，您要多少都行。"

陌生人做了根本不可能的手势。意思是说，太迟了，已无法挽回。说罢，那人和箱子一起消失了。

夜幕悄悄降临，把大地笼罩在黑暗之中。

母亲的勋绩 西班牙 狄森塔

骄阳似火，无情地烤灼着宽阔的马路——卡斯蒂利亚的一条官道。在这条道上，行人要想在路边找株小树来乘乘凉，或者找条小溪来解解渴，那是枉费气力。被晒焦的、贫瘠的田野，险峻的、起伏的丘陵，天上光多，地上乐少——这就是苦于焦渴和酷热的大自然的景象，这就是陷于困倦和沉寂之中的大自然景象。只是偶尔有一群小鹌鹑从割过的庄稼地里振翅飞起，扬起一团灰尘；大鹌鹑叫得很响，在空中一翻就不见了，而灰尘仿佛被阳光照穿了似的，像金雨一般落到路上。在八月闷热的傍晚，杳无人迹的马路和茫茫无际的田野显得格外荒凉。一小队穷苦的行人在缓缓地行进着，他们被酷热弄得疲惫不堪，给自己扬起的尘埃堵得喘不过气来，被灰尘遮得叫人看不清楚，宛如迷失在这片荒野里一样。这一小队行人大概会使看到他们的每一个人都同情和心痛的，但是人们对这样的现象已经司空见惯，并不在意。人们指望上帝发慈悲，可上帝却往往冷眼相待。一小队行人的成员是一个女人、三个孩子和一头毛驴。那个女人嘴巴似张非张，喘着大气，疲劳地缓缓地向前走着。她衣衫褴褛，满身灰尘，光着脚，抱着一个吃奶的婴儿。婴儿给抱在一块打过补丁的破布里，两只小手揉着妈妈的乳房，拼命想挤出奶来，哪怕一滴也好。那个女人年纪很轻，一双乌黑的眼睛闪闪发光，嘴巴鲜红的，雪白的牙齿长得很齐整，身材匀称。这一切都说明她先前是很漂亮的，可是极端的贫困改变了她的模样，使她未老先衰。她脸上的皮肤变粗了，布满了皱纹，一绺绺又脏又乱的头发粘在汗津津的额头上。这个可怜的女人只有一双动人的乌黑的眼睛透露出往日的风韵；这双眼睛此刻正充满着爱，凝视着儿子那张黑黝黝的小脸。跟在那个女人后面有气无力地走着的，是一头皮包骨的老毛驴，两只耳朵耷拉着，尾巴没精打采地拖着，满身是污泥和杂草。搭在驴背上的两只筐里，在破布堆上，躺着两个孩子。他们彼此迥然不同！小的脸色红润，头往后仰着，睡得很香，在睡梦中不知笑什么。大的五岁光景，发着烧，在那不舒服的床上翻来翻去，常常痛苦得嘴唇歪斜，睁着大而红肿的眼睛紧盯着母亲。她们是什么人呢？从哪儿来的？为什么要带着一个生病的孩子走在这杳无人迹的、被无情的太阳晒得火烫的大道上呢？她们是什么人呢？是一家无依无靠的吉卜赛人，她们在欧洲到处流浪，沿途乞食。从哪儿来的？是从最近的一个村子里来的，这个不幸的女人不敢在那个村子里歇一下脚，甚至也不敢舀一罐水，因为农民们吓唬说，如果她不立即离开他们的村子，就要把她这个女乞丐、巫婆、吉卜赛女人痛打一顿。因此她没有讨到一块面包，没有弄到一滴水，就带着生病的孩子走了。这会儿她转过身来，打老远又伤心又气愤地望着那清晰地

精彩绝伦的微型小说

矗立在地平线上的灰色钟楼。那个生病的孩子，在当作床的筐里吃力地支起身子，把手伸向那个女人，轻轻地唤道："妈妈……"那个吉卜赛女人浑身抖了一下，向孩子扑过去。

"怎么，亲爱的?"她低声说道，把吃奶的婴儿放在睡着的哥哥身旁，用双手搂住病孩的脖子。

"水！给我喝吧！我很想喝……这儿在火烧。"

孩子用小手指指自己，难受地挺起胸部。"水?"母亲惊恐地重复说了一遍。

"我到哪儿去弄呢，孩子?"

"喝，"孩子又要求道，"我想喝……"他那干裂的嘴唇不由自主地微微张开，而在凝视着母亲的目光中含着那么多的失望和忧愁，使得她脸色发白，失声大哭。她的儿子，她的亲骨肉，在向她祈求他生死攸关的援助，而她却无能为力。她无奈地朝瓦罐看了又看：瓦罐里空空如也。她瞧了瞧天空，天空里一小片云彩也没有；又急切地望望像荒漠一般的大路、田野、草地、平原，一直到天边都看不到一条小溪，也看不到一口水井。正在遭灾受难的土地好像露出了它那干得变了样的嘴巴，对那个吉卜赛女人说道："给你儿子喝的水？这儿给谁喝的水也没有。让大家都跟我一样渴死吧。"

母亲将儿子紧紧地搂在怀里，发狂似的反复说着："一滴没有，我一滴也没有……我到哪儿去给你弄到水呢，孩子?"可怜的母亲！在这种荒野里只有一个水源——那就是满含泪水的眼睛。吉卜赛女人蓦然满怀希望地露出了笑容；在不远的地方她看到了一所修路工的茅屋。窗子和门都关着，这说明主人们不在家。也许屋里还有什么人能帮她的忙吧？那个年轻的妇人奔到门前，疯狂地用拳头把门擂得砰砰直响，可是白敲，没人答应。她已经精疲力竭，再也没有力气敲，也没有气力喊了，步履艰难地沿着墙走去，拐过屋角，出乎意外地看到地上满满的一钵子水，真是又惊又喜。她又看了一次，高兴得喘不过气来。她没有发觉有一只很大的牧羊犬正走近那个钵子。狗毛倒竖，龇牙咧嘴，眼睛里露出凶光。它一见女人，就发出呜呜的叫声。她抬头一看，猜到狗的意图，就扑上前去，与狗同时来到钵子跟前。在一刹那间，他们都愣住了，敌对地你看看我，我看看你。那个女人已经把手伸过去，可是牧羊犬抢在她前头一跳，趴在钵子上面，恶狠狠地露出牙齿。她根本没有想到退缩：她准备把水争夺过来。"嘿，你也想！"她恨恨地嚷道。

"瞧着吧，你得不到水的！"她朝着狗脸上打去。狗一下子站立起来，咬住她的肩膀，把她弄翻在地。她又怒又痛，禁不住叫了一声，可没有惊慌，也没有退缩；她抓住敌人的喉咙，不知从哪儿来的一股天不怕地不怕的劲头，狠命地握紧了。狗牙齿咬得愈来愈深了，可吉卜赛女人使出浑身力气，紧紧地卡住它的喉咙。这场搏斗时间很短促，没有声音，却很可怕：两个敌人在地上翻滚，极力要战胜对方。可就在这时狗呜呜叫着松开了牙齿，身子软了，倒在吉卜赛女人身旁。吉卜赛女人放开了手指。她脸色苍白，气喘吁吁，从地上爬了起来。她身上的衣服一块块地挂了下来，裸露的胸部和肩膀上很深的伤口裂了开来。她并没有感到痛，踢开了敌人的尸体，拿起夺得的钵子，就向儿子奔去。她并没有理会肩膀上流下来的鲜血，把水凑近病孩子的嘴巴，又亲切又温柔地笑着说道："喝吧，孩子！喝吧，亲爱的！"

沙　葬　法国　雨果

勃尔登的海岸边，时常有个人——旅行或是捕鱼的人——乘潮落的时候，在离岸很远的沙滩上走。但他走了几分钟，忽然觉得有些不对劲。脚底下的海滩，好似胶水一般；鞋底上黏着的沙，也简直像糨糊一样。海滩上十分干燥，但是人走在上面，等到脚一提起，所印的脚印，却已被水装满了。眼睛里也看不出什么变动，只见一片冷僻的平平的海滩；四周的沙都是一般样子，也分不出哪块沙土是坚实的，哪一块是不坚实的。一簇海虫，在旅客的脚边飞舞着。旅客向前走去——向着岸边走——想走近岸边。他一点也不挂念。有什么挂念呢？他只觉有些不妥当，好像他脚下重量一步一步加重了。忽地陷了下去，有二三寸深。他一想这不是一条可走的路，便站住脚想辨一辨方向。低下头去看他的脚，已经看不出了，埋没在沙中了。他把脚拔出，想旋转身子向原路上回去，但陷得更深，沙到胫上了，想极力挣扎脱出，才向左边一窜，沙反涌到小腿；向右边一跳，沙齐了膝。于是他脸上现出说不出的恐惧，知道自己陷在流沙中。他的底下，便是人不能走的，鱼也不能游的可怕去处。他把肩上负的东西拿下来，好像遇险的船只想减去些重量。快得很，沙到膝上面了。他高声喊救，扬着帽子、手帕，但是沙把他愈拖愈深了。沙滩这般荒凉，陆地离开这般远，滩又是著名危险的，近边又没有勇敢的人来救他，完了，他遭罚葬在沙中了。他受罚这可怕的、逃不掉的、残酷的、慢吞吞地不快不迟的埋葬。几点钟里，倒也不倒就结果他。也不妨碍他的自由，也不害他生病，只使他立着，把他的脚向下抽去。随着他的挣扎叫喊，一步一步地引他下去。这阵儿好像他要抵抗，反受加倍的刑罚。一边慢慢地拖他下去，一边却任他欣赏四周的风景，乡野里的树木、青草、村庄上的烟囱、海船上的帆、飞鸣的鸟和太阳、蓝天。沙葬的一个坑，好比潮水，从地下涌上来。渐渐地加高，一分钟也不停。那个可怜的人，想坐一下子，想横下去，想爬起来，一举一动，都使他反埋得更深了。立了起来，却又深入了好多。他知道是不好了，屈了两只手，高声向着老天求救，但却没有希望了。他看沙齐了他的肚子，快到胸前，只剩下半个身子在外面了。他就放声哭起来，伸起两只手，狠命地向上挣，指爪向沙上乱抓。想拔出来。两只臂膊撑住了，想脱离这儿。沙上来了，齐了肩了，到颈上了，只剩了面孔还可以看得出。张开口大喊，沙塞满了，静默了。眼睛还睁着，沙遮盖了，乌黑了。后来额头渐渐下去了，只有几根头发在沙面上飘着。一只手露在外面，在沙面上乱挖，哆嗦着，颤动着，隐灭了。唉，这是一个人不幸的结果！

知事下乡 法国 都德

知事先生出巡去了。驭者导前，仆从随后，一辆知事衙门的四轮轻车，威风凛凛地，一直奔向那共阿非的地方巡视去。因为这一天，是个重要的纪念日，不比等闲，所以知事先生打扮得分外庄严。你看他身披绣花的礼服，头顶折叠的小冠，裤子两旁，贴着银色的徽带，连着一把嵌螺细柄的指挥刀，闪闪地在那里发光，……在他的膝上，还安着一个皮面印花的大护书。知事先生端坐四轮车内，面上堆着些愁容，只管向那皮面印花的大护书出神；他一路想，几时他到了那共阿非，见了那共阿非的百姓们，总免不了要有一番漂亮而动听的演说："诸位先生，诸位同事们……"知事先生把这两句话周而复始地足足念了二十余次："诸位先生，诸位同事们……"可是总生不出下文。这两句话的下文，差不多断绝了……四轮车内的空气，热不可当！……那共阿非道上的灰尘，在正午的阳光下，兴奋奔腾地跳舞，甚至于对面的人，都被他障了……那道旁的树林，一齐遮着白灰，只听得整千整万的蝉声，遥遥地在那里问答……知事先生正在纳闷的当儿，忽然之间，抬头一望，瞥见了一丛小的楮树林，在那山坡的脚下，招展着树枝，笑嘻嘻地欢迎他。一丛小的槠树林，招展着树枝，在那里欢迎他，好像说："快来，快来，知事先生，你不是要筹备演说吗？那么何不请到我们这树林下来，包管你要强得多……"知事先生居然中了他的诱惑了。他一面把他的意思，吩咐给仆人们；一面就从四轮车里，跳了下来，径自走进那小的槠树林里，去筹备他的演说。在那小的槠树林里，有成群的鸟儿，在头上唱歌；有紫堇花，在旁边发香；还有那无数的清泉在草地上流……他们瞧见知事先生，和他一条这样体面的裤子，一个皮面的印花的护书，登时大起恐慌。那些鸟儿们，一齐停止了歌唱；那泉儿，也不敢再作声了；那紫堇花们，更是急得低着头，向地下乱躲……这些小东西们，自从出世以来，从没有见过一个县知事，在这光景里，大家都私下地互通猜度：这样体面的裤子的主人，究竟是一位什么人物？在一丛茂盛的叶子底下，聚集了一种极细微的声音，大家都在那里互相猜度，这样体面的裤子的主人，究竟是一位什么人物……知事先生对于如此寂静而清凉的树林，心里着实赏识。他撩起了衣裳，摘下了帽子，在一块小槠脚的草地上，舒舒服服地坐下，随手把他的皮面印花的护书，张开了放在膝上，又向那护书里面，抽出一张四六开的大纸。

"这竟是一位美术家呀！"那秀眼鸟先开口说。

"否，否，"接着说的是一只莺鸟，"这哪里会是美术家，你没看见他裤子上的徽带吗？照我来看，十之八九，还是一位贵族哩。"

"十之八九，是一位贵族哩。"

那莺鸟把自己的主张，重新复述了一遍。

"也不是美术家，也不是贵族，"一只老黄莺抢着来打断他们俩的辩论，他曾经在那知事衙门的花园里，足足唱了一个春天的歌……"只有我知道，这是一个县知事呀。"

这时那些细微的语声，不知不觉地渐渐放纵起来了。

"这原来是一个县知事！这原来是一个县知事！"一会儿，那紫堇花发问道："他可含有什么恶意？"

　　"一点儿也没有。"

　　那老黄莺儿接着答复。于是那些鸟儿们，重新一个个地，去恢复他的唱歌；那些泉儿们，照常在草地上汩汩地流；那些紫堇花们，也依旧放着胆去发他们的香气；好像那知事先生没有在那里一般……在这喧哗而又恬静的林间，知事先生，又起了念头，要继续去筹备他的演说了："诸位先生，诸位同事们……"

　　"诸位先生，诸位同事们……"知事先生用一种极有礼貌的声音，发出这几个字……不料霎时之间，从背后传来了一阵笑声，把他的文思又打断了。知事先生回头看时，只见一只黄绿色的啄木鸟，歇在他的帽子顶上，嬉皮赖脸地向着他笑。知事先生把肩胛一耸，露出不屑睬他的意思，刚想回转头来，继续去筹划他的大演说，哪知道那啄木鸟很不知趣，他笑的不算数，索性地大声喊将起来："这又何苦来！"

　　"怎么！这又何苦来！"知事先生气吁吁地涨红了脸，一面随手做个手势赶开那顽皮的畜生；一面加上些气力，回头来重新干他的本行："诸位先生，诸位同事们……"

　　"诸位先生，诸位同事们……"知事先生加了些气力，回头来重新干他的本行。但是事有不巧，那啄木鸟方面的交涉，刚才结束，这里一丛小弱的紫堇花们，觑着知事先生意思缭乱的当儿，也一起翘起了他们的梗儿枝儿，和着一种甜而且软的语气，到他的面前来献殷勤了：

　　"知事先生，你可觉得香吗？"于是一倡百和，那些泉儿们，登时就在他的脚下，潺潺地奏起一种文雅的音乐；那些秀眼鸟儿，也在他头顶的树枝上，使尽毕生的本领，唱出一阕美丽的调子来给他听；其余树林周围、上下左右一切的东西，没有一个不是效尤着，

精彩绝伦的微型小说

全体一致地来阻止知事先生演说的起草。那树林周围的东西，全体一致地，来阻止知事先生演说的起草……知事先生鼻孔里熏醉了香味；耳朵里充满了歌声；他未始没有意思，想摆脱这些妖媚的蛊惑，可是他办不到了。他偃仰在草地上，徐徐解去他华美的装饰，把他已成的演说，艾艾……艾艾地，从头又述了两三回："诸位先生、诸位同事……诸位先生，诸位同事……"

逗　乐　法国　莫泊桑

世界上有什么比开玩笑更有趣、更好玩？有什么事情比戏弄别人更有意思？啊！我的一生里，我开过玩笑。人们呢，也开过我的玩笑，很有趣的玩笑！对啦，我可开过令人受不了的玩笑。今天我想讲一个我经历过的玩笑。秋天的时候，我到朋友家里去打猎。当然喽，我的朋友是一些爱开玩笑的人。我不愿结交其他人。我到达的时候，他们像迎接王子那样接待我。这引起了我的怀疑。他们朝天打枪；他们拥抱我，好像等着从我身上得到极大的乐趣。我对自己说："小心，他们在策划着什么。"

吃晚饭的时候，欢乐是高度的，过头了。我想，"瞧，这些人没有明显的理由却那么高兴，他们脑子里一定想好了开一个什么玩笑。肯定这个玩笑是针对我的。小心。"

整个晚上人们在笑，但笑得夸张。我嗅到空气里有一个玩笑，正像豹子嗅到猎物一样。我既不放过一个字，也不放过一个语调、一个手势。在我看来一切都值得怀疑。时钟响了，是睡觉的时候了，他们把我送到卧室。他们大声冲我喊晚安。我进去，关上门，并且一直站着，一步也没有迈，手里拿着蜡烛。我听见廊里有笑声和窃窃私语声。毫无疑问，他们在窥伺我。我用目光检查了墙壁、家具、天花板、地板。我没有发现任何可疑的地方。我听见门外有人走动，一定是有人来从钥匙孔朝里看。我忽然想起，"也许我的蜡烛会突然熄灭，使我陷入一片黑暗之中。"

于是，我把壁炉上所有的蜡烛都点着了。然后我再一次打量周围，但还是没有发现什么。我迈着大步绕房间走了一圈——仍然没有什么。我走近窗户，百叶窗还开着，我小心翼翼地把它关上，然后放下窗帘，我并且在窗前放了一把椅子，这就不用害怕有任何东西来自外面了。于是我小心翼翼地坐下。扶手椅是结实的，然而时间在向前走，我终于承认自己是可笑的。我决定睡觉，但这张床在我看来特别可疑。于是我采取了自认是绝妙的预防措施。我轻轻地抓住床垫的边缘，然后慢慢地朝我的面前拉。床垫过来了，后面跟着床单和被子。我把所有的这些东西拽到房间的正中央，对着房门。在房间正中央，我重新铺了床，尽可能地把它铺好，远离这张可疑的床。然后，我把所有的烛火都吹灭，摸着黑回来，钻进被窝里。有一个小时我保持清醒着，一听到那哪怕最小的声音也打哆嗦。一切似乎是平静的。我睡着了。我睡了很久，而且睡得很熟；但突然之间我惊醒了，因为一个沉甸甸的躯体落到了我的身上。与此同时，我的脸上、脖子上、胸前被浇上一种滚烫的液体，痛得我嚎叫起来。落在我身上的那一大团东西一动也不动，把我压得喘不过气来。我伸出双手，想辨明物体的性质。我摸到一张脸，一个鼻子。于是，我用尽全身力气，朝这张脸上打了一拳。但我立即挨了一阵耳光，使我从湿漉漉的被窝里一跃而起，穿着睡衣跳到走廊里，因为我看见通向走廊的门开着。啊，真令人惊讶！天已经大亮了。人们闻声赶来，发现男仆人躺在我的床上，神情激动。原来，他在给我端早茶来的路上，碰到了我临时搭的床铺，摔倒在我的肚子上，把我的早点浇在我的脸上。我担心会发生一场笑话，而造成这场笑话的，恰恰正是关上百叶窗和到房间中央睡觉这些预防措施。那一天，人们笑够了！

德军剩下来的东西　法国　哈巴特·霍利

战争结束了。他回到了从德军手里夺回来的故乡，他匆匆忙忙地在路灯昏黄的街上走着。一个女人捉住他的手，用吃醉了酒似的口气和他讲："到哪儿去？是不是上我那里？"

他笑笑，说："不。不上你那里——我找我的未婚妻。"他回头看了女人一下。他们两个人走到路灯下。

女人突然嚷了起来："啊！"

他也不由得抓住了女人的肩头，迎着灯光。他的手指嵌进了女人的肉里。他们的眼睛闪着光。他喊着："约安！"把女人抱起来了。

夏尔爵士和电报　法国　尔·葛利索里亚

自从开始偷窃住户的来信至今，夏尔爵士得到的只有失望。银行的支出通知书、讣告、明信片、交友俱乐部都密封着。在这四十年里，所有这一切从邮局职员的双手上经过，如今一旦被他打开，也并没有增加任何价值。于是，夏尔爵士和拆开时一样小心翼翼地把信封重新粘好。晚上，他走下楼去，把这些毫无趣味的邮件还给收件人。在夏尔爵士居住的地方有两个院子，他独自一人住在第二个院子最里面的一座几乎焕然一新的小房子里，这是一套两间的住房。

"夏尔爵士"，这个绰号是他楼上并无坏心的青年们给他起的。一天，他们把这个称呼暗中告诉了女门房的女儿，结果一个传一个，最后传到他的耳朵里。夏尔·魏劳对这个没有恶意的绰号付之一笑。这个绰号是由他一身相当华贵的服饰所引起的：英国太子式的西装、苏格兰羊毛围巾、粗花呢长裤、再配上他的夏朗德产的拖鞋。他把一绺残留的白发奋拉到前额上，俨然有些艺术家的气质。可惜，夏尔·魏劳既不是艺术家也并非出生于联合王国。他的职业？在第八十邮局的一个窗口而已。在长达近四十年的时间里，夏尔爵士总觉得那每天从他戴着手套的手指间经过的上千封信体里大概隐藏着爱情或诗情画意般的奇迹。可是尽管他的欲望一年比一年强烈，他却从来没有打开过一封信，甚至没有像检验鸡蛋那样把信放在灯光底下去偷看里面的内容。对这种欲望，他只好推辞到以后来满足了。它反映了一个人无法和任何人保持正常的交往，而不是人类的仇恨心理。现在他的欲望得到了满足，然而像所有欲望一样欲壑难填。不过，夏尔爵士并不因此半途而废，特别是，直到今天他还没有被任何人发现。当他偷信的时候，只有一只有些耳聋的大灰猫在注视着他。有时，从一扇窗子里传出一首钢琴曲，伴随着他的探索。他一天三次窥伺着邮差的到来，经常来的是一位女邮差。

　　"您什么也没有。"

　　她对他说道，那语气里没有嘲讽，更多的是替他难过。

　　"我知道。"

　　他才不在乎自己的来信呢！他收到的不过是房租收据、退休金，或者一个女友从比阿里茨寄来的一封简简单单的信，还能有什么呢？为了躲过那可能观察他的眼睛，夏尔爵士在女邮差走后先出来在人行道上走几步，回来的时候再动手脚。第一个院子里没有人，只有那只灰猫；第二个院子里也没有人。一辆苹果绿的女式自行车靠在生了锈的棚架上，仿佛为了给他壮胆似的。夏尔爵士有时不禁兴致勃勃地猜想：这辆车究竟是谁的。他从口袋里掏出一个事先弄弯了的钩子，开始撬第一个信箱，如果它是空的，他便转向另一个信箱。他是个好手，这用不了五分钟。夏尔爵士像他过去在邮局窗口后面那样：迅速，热情，沉着，但这些长处并没有给他带来任何好处，他得到的只是同行们的嘲笑，因为他永远不会明白邮政工作中，最坏不过的是在两小时内就完成一天的工作。夏尔爵士早起早睡，他的觉睡得不错，但吃得很少，不喝酒，读司汤达的书。他和他的姐姐约瑟法如出一辙，只有死才能把他们的独身生活区别开来，我不知道这种差异还能持续多久。她死于败血症。约瑟法的猫因为心情忧郁，没有比她多活三个星期。夏尔爵士从此孤独了，他也有了了却此生的想法。但归根结底，搬一次家对他来说才是上策，于是他住到了圣罗曼街。正在他对住户的邮件感到失望的时候，一天下午，他看到了这几个字：这次，我绝不再回，永别了。这是夏尔爵士六个月里第一次截获到一封电报。自从他在这里往下之后，还从未在任何一个信箱上看到过"急件"的字样。电报是打给阿历克斯·马茹若尔的，他对这个人，正像对其他人一样；并不认识，他面对这个名字感到困惑，因为他无法确切地知道这个人究竟是男的还是女的。他拿着电报，偷偷地向四周张望：没有人。假如电报是打给他的呢？他还未失去知觉吧？他一生中从未收到过一封电报，甚至连他姐姐的死也无须通知他，因为她几乎死在他的胳膊里，正是他从厨房里端来点心和茶的时候。还有一件事让他感到吃惊：电报上没有署名。当然他不能从中得到任何结论，但他却想起了他的职业生涯所给予他的知识：痛苦再大也无法战胜人们的斤斤计较和吝啬。人们不是见过这样的事吗？发出唁电的人非要人家从内容上除去两个字不可，或者问修饰成分"诚挚的"和"悼念"这个词连在一起的时候是否可以不算钱。最后一件事是电报到达的时间，因为现在是中午，电报刚刚到，而上午他曾两次去看邮件都没有发现电报。

钢琴声停止了。于是夏尔爵士决定一反常态，他无法说出这一决定有什么特别的理由，在他的孤独中的任何哪一天，任何哪一时刻，事情就是这样。他把他的羊毛围巾比平时围得更紧，穿好他的夏朗德拖鞋，扣好他英国太子西装的每一个纽扣。他把电报拿在手里，走了回来，穿过两个院子，一直来到信箱前。他看见了那只猫，它仿佛正在那苹果绿的自行车车座上窥伺着他。阿历克斯·马茹若尔。五楼左侧，楼梯 A。他和她住在临街的房子里，那座房子几乎可以说是一座楼梯上唯一有地毯的大楼。夏尔爵士开始上楼，猫也跟着上楼，但在他的前面，与他相隔一两个台阶。老先生透过照亮楼梯的一扇高大的窗子，向第一个院子看了一眼，他眷恋的目光仿佛在说，他奋力跨越的每一级台阶都成了他向过去告别的标志。他终于来到了阿历克斯·马茹若尔的门前，猫已经在那儿等着他了。夏尔爵士按了两次门铃，却没有任何动静。他正想去推门，猫却立起身抬起前爪，替他推开了门，夏尔爵士走了进去。一条刚重新油漆过的走廊，墙上挂着巴提克挂毯。夏尔爵士在猫的引导下，走进了起居室，他在那里看见了她。她躺在一张覆盖着带穗子的毛毯的长椅上，呼吸微弱而短促。这个棕发的年轻女人，他有时在晚上的信件来过之后能碰到她。在两扇窗子之间，立着一架黑色钢琴。他心神不安地走了过去。

"小姐……"他把一只老人的手伸向她。这只手除了替约瑟法合上眼睛之外没有为她干过任何事情。地毯上有一个小空瓶，在阳光下熠熠闪光。

"小姐……"他摇她，打她的脸，强拉她坐起来。她没有睁开眼睛。他强迫她呕吐，过了一会儿，她从昏迷中苏醒过来。她没有那些因绝望而寻死的人那样把别人伸过来的手使劲推开的粗暴动作。她微微一笑，似乎同意要活下去，而夏尔爵士却永远忘不了她的话。

"我很高兴，"她轻声说道，"高兴的是您……"由于他已经到

精彩绝伦的微型小说

了如果有人看他一眼都会令他喜出望外的年龄，他的眼睛里饱含着泪水。可是她则要求他离开了。

"这是一次没什么了不起的自杀。"

她说。也许是这样，但夏尔爵士在推门进来的时候并不知道。他不敢就这样离开，她几乎把他推了出去，但邀请他晚上来和她待一会儿。

"我向您保证没事了。"

她不得不这样连连地说。夏尔爵士可受不了这种折磨，一直到晚上他都提心吊胆。二十点的时候，他拿着玫瑰花去按她的门铃。个子不高的年轻女人仿佛已经康复，脸色虽然还有些苍白，但健康已经没有问题上。她给他端来了黄豆沙拉枯茗干酪。他对这些食物过去吃得很少，感到很喜欢。他心里暗想，享受新的快乐现在还为时不晚。

"您不应该为一封电报难过……"她垂下眼睛。

"这封电报是我发的。"

她承认道。他大吃一惊，但没有任何流露。他救了一个希望被救的人，这使他感到失望吗？"我知道两小时以后它会送来，有人会给我……"

"您冒的风险可太小了，"夏尔爵士说，"人家没有给您送上来，如果不是我看见了，它还留在信箱里，那……"

"我就死了，是这样。人生不过是一场游戏罢了……"他凝视着两扇窗子之间的钢琴。他早晨或晚上听见的琴声就是她弹奏的。由于她对他说了实话，他也对她产生了信任。他对她讲述他自己的绰号，这她也知道。他告诉她他偷窃信件的怪癖，这在目前情况下，她是无法责备他的。她觉得此事无害而有趣，但她没有问起他是否偷看过她的信件。

"所有的孤独都大同小异。"

她说。

"今天上午您为什么说'我很高兴，高兴的是您……'"

"我经常看见您，您很威严，很孤独，"阿历克斯·马茹若尔说，"我们虽然年龄不同，但我们是命运相同的人。"

他们是命运相同的人。在后来的几个星期里，阿历克斯和夏尔爵士相互邀请。他拿出了漂亮的餐具，她负责餐后点心和酒。像大多数沉默寡言的人一样，他们俩都显得话很多。阿历克斯在巴黎没有家，她母亲在马赛开着一个药店，就在那里，一个星期天，她父亲上了船，前往安地列斯群岛。阿历克斯的母亲候他不归，浪费了她一生中最美好的时光。不可阻挡的事情发生了。阿历克斯因为是音乐家，终于在一个乐队里取得了一个她所希望的位置。她走了，去英国、美国，把那只再也听不见音乐的猫和苹果绿自行车托付给了夏尔爵士，那辆自行车原来是她的。她写信来，他却无法回信，因为她没有固定的地址。他去取阿历克斯的信件，但不再偷邻居的信了，他过去之所以这样做，是为了证实所有的人是否都和他一样。现在他知道了。很快，他的体力就衰退了，与此相关的都是一些微不足道的小事：走路稍许慢了些，气有些短，一天只出去一次，不敢再买重东西了。等着瞧吧，夏尔爵士将采取阿历克斯的办法。他要打一封电报，交到手脚干净的人手里。他应该让门半掩着，仔细地计算他的行动时间，以免人家来得太晚。可是，即使人家来得晚了，又有什么关系呢？夏尔爵士将最后一次对人们有用，至于他的生命能否得救则是次要的了。这次，我绝不再回，永别了。也许是这几个字，也许是另外几个字，但要像阿历克斯那样不署名。夏尔爵士将幸福地死去，这并非所有人都能有的际遇；他到死始终没有离开过邮政业务，这也并非所有人都能有的际遇。

穷人的眼 法国 波特莱尔

唉！你要知道我今天何以恨你。在你要理解这，或者比我说给你听，更不容易了；因为你是，我想，在世界上所能寻到的女性的隔阂的最美的标本。我们一同过了一个长日子，——而在我却还是觉得很短！我们互相应许，我们当想同一的思想，我们的两个灵魂当成为一个灵魂；——一个梦，并没有什么新奇，不过人人都梦见，却没有人实验过。在晚间你有点倦了；你在一条街角上的新咖啡店外边坐下，虽然还在石灰涂饰，已经显示出它的未曾完成的华美了。那咖啡店辉煌了。那煤气灯自己便发出新开张的所有热力，用了它的全力照着墙壁的炫目的白饰上的闪烁的玻璃片，檐下与柱上洼形装饰的贴金，肥面颊的侍者用力拉住了带索的狗，贵妇人们笑那屈着站在腕上的鹰，仙女与女神头上顶着果物包子与野味，许多赫贝与伽尼美台伸长臂膊，拿甜酒的小瓶与杂色的冰塔；历史与神话全体合并起来，造成一个饕餮者的乐园。正对着我们，在街道中间，站着一个人，大约四十岁年纪，有着困倦的脸与灰色的须，一手挽着一个孩子，另一只手抱着一个还不能走的孱弱的小孩。他是替代保姆职务，带了他的小孩们，受用夜间的空气。他们都穿着破衣，三张脸都非常严肃，六只眼睛注视着新咖啡店，一样的惊奇，但应了年纪显出不同的印象。那父亲的眼睛说道："这多么美，这多么美呵！人家几乎要想，所有穷人们的金子都走到这屋里去了。"

小孩的眼睛说道："这多么美，这多么美呵！但这屋里，只有不是像我们这样的人，才能进去的。"

至于那最小的小孩的眼睛，它们是太入迷了，除了蠢笨而深厚的喜悦外，没有别的表示了。诗人说，快乐使魂美善，使心柔和。这诗人是对的，总之这晚上在我正是这样的。我不但被这眼前的家族所感动，我还觉得惭愧了，对于我的许多的酒杯和酒瓶，多于我们的渴。我回过来看你，亲爱的，我希望能够在你面前讲出我自己的思想：我深深地看进你的眼睛去，这样的美而且异样的甜，你的碧眼，在那里是浮动所主宰而且醉于月光的；你对我说："这些人真有点讨厌，张着那么瞪视的大眼睛！你不能叫侍者吩咐他们走开去么？"互相理解是这样的难，我的爱人，而且思想是这样的不能传送，——即使在互相爱恋的人们之间。

轻蔑的一瞥　德国　森别格尔

电话铃响了，警察局局长拿起听筒——"喂！"

"我是克尔齐警长。刚才有一位过路人轻蔑地瞧我。"

"或许你弄错了吧，"警察局局长要他考虑一下，"几乎每个碰上警察的人都感到心虚，不敢正视。这看起来就像是轻蔑。"

"不，"警长说，"不是这么回事。他轻蔑地打量我，从制服、帽一直到皮靴。"

"你为什么没有把他抓起来？"

"当时我愣住了。在我想到这是侮辱的时候，那人已经不见了。"

"你还认得出他来吗？"

"肯定，他蓄的是红胡子。"

"你现在觉得怎么样？"

"相当难受。"

"坚持一下，我叫人来换班。"

警察局局长打开了话筒。他派出一辆救护车到克尔齐那个区去，同时命令把所有蓄红胡子的公民抓起来。配备有无线电话器的巡警队接到命令的时候，正在值勤。两个人正在试验哪一辆车跑得快，另外两个人在酒馆里庆贺店主的生日，三个人帮着一个同事搬家，其余的人在街上买东西。但一听到事情的经过，他们就急忙驱车直奔市中心区。他们封锁了一条又一条街道，逐户搜查。他们跑进商店、饭馆、住宅，凡找到一个红胡子，就把他拖走。到处交通停顿。警报的鸣叫声使居民惊惶不安，谣言风传：这次搜捕的目标是一个大杀人犯。围捕刚开始了几小时，虏获可观：五十八个红胡子给带到警察总局来了。克尔齐警长，由两名护理人员搀扶着，在这批嫌疑犯面前省视而过，但他却没有指认出作案人。警察局局长归因于克尔齐的健康状况，命令审讯拘留犯。他说："就算他们在这件案子里清白无辜，他们肯定也犯过别的错误，审讯总是会有收获的。"

对，审讯诚然会有收获，特别是在这个城市里，但不要以为受审的人受到了虐待；还不至于到如此粗暴的地步，所采用的方法是比较微妙的。长期以来，秘密警察不声不响地讯问了每个公民的亲属和仇人，从而建立了一套卡片，从这里面可以查到他特别憎恶什么：风钻的嘎嘎声，刺目的强光，石碳酸气味，北欧民歌，剥皮老鼠的样子，狗叫，等等。如果运用得彻底，这些办法大多可以奏效：它能从受审者嘴巴里逼出供词来，有真有假，视情况而定，而警察总是高兴的；这五十八个人现在所面临的就是这类办法。要搜捕的那个人早已回到了他的寓所；警察按他的门铃的时候，他没有听见，因为他正往浴盆里放水。洗澡水准备好了之后，他倒是听见门铃声了，但那是邮递员送来一份电报。消息是可喜的，有人给他在国外准备了一个好职位，——不过，条件是：他得立即启程。

"好，"这人说，"好，现在要做两件事：胡子要剃掉，因为我讨厌它了，要弄到一份护照，因为我没有。"

他痛痛快快地洗了个澡，重又穿好衣服。为了庆贺这个大喜日子，他选了一条特别漂亮的领带系上。他打电话询问几点钟能指望搭上一架飞机。他离开寓所，跨过几条恢复了宁静的街道，走进一间理发店。这件事办完后，他到警察总局去，因为他知道只有在那里才能在很短时间内领到一份护照。说到这里，得补充一点：这个人事实上是轻蔑地瞧过那个警察的，原因是克尔齐的样子极像他的表兄艾贡。对这个不中用而且欠着他钱的表兄，这人感到轻蔑，这种感情在他见到克尔齐的时候就不由自主地倾注于目光中了。所以，克尔齐的观察是正确的，他的报告是无可指摘的。事有凑巧，这人走进警察局的时候，又碰上那位使他想起他表兄艾贡的警察了。但这一次，为了不得罪对方，他把目光迅速移开了。而且，那可怜的人显然健康状况不佳，两个护理人员正陪着他走向一辆救护车。申请护照的事并不如这人想象的那么简单。他身边带有一些证明文件，也出示了电报，这都无济于事，他申请出国的计划，仓促得没有分寸，吓坏了经管护照的警官。

　　"一份护照是一份重要文件，"他解释说，"办这么一份证明文件是需要时间的。"

　　这人点点头。

　　"按规章制度可能是这样。但每种规章制度都有例外。"

　　"这种情况我决定不了，"警官说。

　　"只有警察局局长才能决定。"

　　"那就交给他决定。"

　　警官把文件找到一块儿来，站起身来。

　　"您跟我来，"他说。

　　"我们抄近路——穿过办公室。"

　　他们穿过三四个房间，那里面坐的尽是蓄红胡子的人。

　　"真滑稽，"这人想。

"我原先不知道他们有这么多人。我现在不归他们那一伙了。"

像一些独裁者一样，警察局局长也爱摆出社交场上老手的样子。他听取了报告就把那警官打发走了，然后请客人就座。但客人要勉强装出笑脸却不容易，因为这位警察局局长的模样长得像他同样厌恶的堂弟阿突尔。但是，掌管微笑机能的肌肉却尽忠职守——这可是关系到护照的大事啊。

"小官儿们胆小，"警察局局长说，"他们避免作任何决定。不在话下，您马上而且就在这儿可以领到护照。您到伊士坦布尔上任，是我们城市的荣誉。我祝贺您。"

他在护照上盖了个印，签上了名。他大大方方地把护照递给客人，好像那是一个随随便便的什么小本儿。

"您系了一条特别漂亮的领带，"他说。

"一幅市区图，是吗？"

"不错，"这人回答说，"是伊士坦布尔的市区图。"

"妙极了的主意。好吧，"警察局局长站起身来，把手伸向那人，"我祝您一路平安。"

他把客人送到门口，向他亲切地挥手致意，然后走进审讯拘留犯的房间里。为了缩短自己受折磨的时间，那些可怜人已经承认一些违法行为，但就没有承认指控的那一条罪行。

"继续审讯！"警察局局长命令道，然后去吃午饭。他回来时，见那里摆着一份报告。一个理发师报告：他上午按照一个顾客的意愿，给他剃掉了蓄着的红胡子。这人本身他描写不出，但他记得衣着上的一个显眼之处：一条印有市区图的领带。

"我这头蠢驴！"警察局局长叫了一声。他一步跳两级，奔下楼梯。院子里，他的车停着备用。

"到飞机场！"他朝着司机喊道，顺势一靠，坐在后排位子上。司机施展出全身本事。他碾死了两只狗、两只鸽子和一只猫，擦坏了一辆电车，轧坏了一辆装着废纸的手推车，吓坏了成千上万的过路人。在他到达目的地的时候，在外边老远的地方，只见飞往伊士坦布尔的飞机从跑道上分秒不差地起飞了。

笑者　德国　海恩里克·波尔

　　每当有人问起我干哪一行时，我就窘态毕露、满面通红、口结不已，而原本人家都觉得我是个挺镇定的人的。我很羡慕那些能说"我是个泥水匠"的人。我羡慕理发师、记账员与作家这些可以直截了当有所招认的人，因为他们的职业不言自明，无需冗言解释，而叫我回答这类问题，却感到十分局促：我是个笑者。一旦招认了，我在回答第二个问题："你是这样谋生的吗？"时，又得老老实实地再招认一次："是的。"

　　我的确靠发笑为生，而且笑得很好，因为套句商业用语来说，我的笑声是供不应求的。我是个优秀的笑者，没人笑得跟我一样好，也没有人能如此发扬我这行艺术的精粹。有很长一段时间，为了避免没完没了的解释，我会称自己为演员，但是我的才华在滑稽剧与朗诵术的领域中实在显得过于贫弱，我觉得用这个名称是太离谱了；我喜爱真理，而真相是：我是个笑者。我既非小丑，又不是滑稽演员。我并不使人们开心，我表演开心；我像罗马帝王一样地笑，或者笑得像个敏感的小男生；我发出十七世纪的笑声，与发出十九世纪的同样自在，如果场合需要，我一路笑尽所有的世纪，所有的社会阶层，所有不同的年龄，就像修皮鞋的，这不过是我练出的一种技能。在我的心胸中，怀抱了美洲的笑声，非洲的笑声，白种、红种与黄种的笑声——只要报酬合宜，在导演的要求之下，我的笑声就能轰然而出。我已经变得不可或缺了。我在唱片里笑，在录音带中笑，电视导播对我也蛮尊重的；我凄惨地笑，适度地笑，神经地笑；我笑得像个电车上的检票员或像杂货店里的帮工；清晨的笑声，晚间的笑声，子夜的笑声与黎明的笑声。简言之，无论何时需要何种笑声——我都得笑。这样一种行业，不必我说，自然是十分令人厌烦的了，特别是我还有一项专长——擅发传染性的笑声，这对三四流的滑稽演员而言，我更是不可缺少的帮手了，这级演员很怕——也难怪他们——观众会错过他们说的关键性笑话，因此多半的晚上我都在夜总会里充当不露声色的捧场者，我的职责就是在表演节目嫌弱的当儿，发出传染性的笑声。这种笑声必须小心地在时机上扣得很准；我的放声纵笑不能来得太早，也不可来得过迟，必须恰是时候；在事先排练好的节骨眼儿上，我放声一笑，整个观众的哄笑也会响彻全场，台上说的笑话也才给救了起来。至于我呢，则拖着疲惫的身心来到衣帽间，穿上大衣，庆幸自己总算下班了。回到家中，总会发现有电报在等着我："即刻需要你的笑声。星期二录音。"

数小时之后，我已经坐在暖气过强的特别快车上悲叹我的命运了。简直不必说，当我下了班或休假的时候，我是一点也不想笑的。牛仔巴不得能忘却牛群，泥水匠能忘掉灰泥也是一桩乐事，木匠家中的门常常是坏的，要不然就是抽屉开不开。卖糖果的喜欢吃酸黄瓜，肉贩子喜欢杏仁饼，烤面包的宁可嚼香肠，也不要啃面包；斗牛士养鸽子消遣，赛拳的看见自己的孩子流鼻血，脸都吓白了；我觉得这都是很自然的事，因为我自己工作之余就从来不笑。我是个严肃的人，很多人认为——或许十分正确——我是个悲观厌世的人。在我们婚姻生活的头几年中，我妻子常会对我说："笑几声嘛！"但后来她就认清了我是无法满足她这个愿望的。我能在全然的肃穆中放松脸部紧绷的肌肉与磨损的精力，我就会觉得快乐。是真的，连别人的笑声我都受不了，因为那太令我想到自己的职业。所以说，我们的婚姻是十分静寂、安详的，因为连我妻子也忘了怎么笑了。偶尔我见她脸上挂着一丝微笑，我也回她一个浅笑。我们谈话声调很低，因为我痛恨夜总会里的喧嚣，还有录音间中不时充斥的闹声。不清楚我的人认为我沉默寡言。或许我是这样，因为我得常常张开口大笑。我一生都是一副无动于衷的表情，偶尔让自己也挤出一丝温柔的浅笑，我常怀疑自己可会真正笑过。我想没有。我的兄弟姐妹始终认为我是个老气横秋的孩子。不错，我以各种不同的形式笑，但我却从没听过自己的笑声。

招牌　英国　哈里特·思勒

帕帕·敦特一向非常喜欢花，他经营花店已经很多年了，花店坐落在一个十字路口旁。他工作非常勤奋，并且生活得也很美满，他甚至有足够的钱供他的儿子约翰上大学。

约翰也像他父亲一样喜欢花。虽然他想上大学，但他的理想是毕业后帮助父亲经营这个花店。

花店位于十字路口。尽管花店没有挂招牌，但由于帕帕·敦特多年的苦心经营，城里的人们谁都知道这儿出售的鲜花是全城最美的。

花店第一次开业时，挂着一块很大的招牌，上面写着：

本店出售美丽鲜艳的花

第一个来到花店的顾客对帕帕·敦特说："我很喜欢你的花店，可不喜欢你的招牌。美丽、鲜艳的花，难道你就不可以卖别的种类的花吗？你为什么不把'美丽鲜艳'删掉呢？"

帕帕·敦特欣然同意，认为这样很好，于是把招牌改为：

本店出售花

第二天，又一个顾客来到花店，他认为这个新开业的花店很使他称心如意，但他也不喜欢花店的招牌。他说："假如你不在这儿卖花，又在哪里卖呢？帕帕·敦特，你应该把招牌上的'本店'两字去掉，这样多简单明了。"

于是，帕帕·敦特又把招牌改为：

卖花

第三天，帕帕·敦特的叔叔来到花店。

"你这个花店很漂亮。"他说，"可是招牌太啰嗦了。'卖花'，花当然是卖的，但是这样写，给人一种不愉快的感觉，你为什么不把'卖'字去掉呢？"

这样，花店的招牌上只剩下一个字：

花

又过了一天，本城的一个官员也来光临帕帕·敦特的花店。

"我们来到这儿，感到很荣幸。"官员说，"你的花店看起来很整洁，宽敞明亮。你是一个很善于经营花店的人，你的花店位置适中，橱窗布置得幽雅大方；不过，我对于你的招牌有些想法。'花'，你的橱窗里摆满了美丽的花，那么你的招牌就是摆设了。人们看见这花，就会知道你出售花。所以最好是让你的花自己去说明吧。"

帕帕·敦特听从了官员的忠告，索性摘去了招牌。

路过花店的人们一看到橱窗里摆放着的鲜花，总是不由自主地停下来。最后，帕帕·敦特的鲜花远近闻名，盛誉不衰，没有人再去别的地方买花了。

这样，许多年过去了。

现在，帕帕·敦特要和儿子一起经营花店，他高兴极了。随着岁月的流逝，他渐渐变得苍老，对经营花店已经有些力不从心了。

送走了那些看望约翰的人们，帕帕·敦特问儿子："约翰，现在，你要为花店做的第一件事是什么？"

"哦，爸爸，我们首先要挂个招牌。在商业化的今天，它尤其是必不可少的。"儿子回答。

"挂个招牌，孩子？"

"对。"

"那么，招牌上写什么呢？"

"嗯，让我想想……就写'本店出售美丽鲜艳的花'吧……"

裁判所 英国 王尔德

裁判所里寂静无声。人裸着身体来到上帝面前。上帝打开了人的生命簿。上帝对人说："你一生都做坏事，对那些需要救济的人你表示残酷；对那些急需帮助的人，你表示凶狠和无情；贫穷的人向你求助，你不去听他们；你不理睬我那些受苦的人的哀叫声，你将遗产据为己有；你把狐狸放进邻人的葡萄园；你夺去小孩们的面包，拿给狗吃；我那些大麻疯病人居住在沼地上，过着和睦的生活，赞美着我，你却把他们赶到大路上；我用土造出你来，可是你却使我的土地上流着无辜者的血。"

人回答说："我的确做过这些事情。"

上帝又打开了人的生命薄。上帝对人说："你一生都做坏事，我显示出来的'美'，你追求它；我隐藏着的'善'你却毫不注意。你房间的墙壁上绘满了图像，你听见笛声就从你放荡的床上起来；你筑了七个祭坛来奉祀我所受的罪孽，你吃了不应当吃的东西，你衣服上绣着三个耻辱的记号；你崇拜的不是能够久存的金或银的偶像，却是会死去的肉身；你用香膏涂在他们的头发上，又放了白榴在他们的手中；你用番红花擦他们的脚，又在他们面前铺上地毯；你用锑粉染他们的眼皮，用没药擦他们的身体；你在他们面前鞠躬到地，你把你的偶像的宝座放在太阳里；你给太阳看见你的丑行，给月亮看见你的疯狂。"

人回答说："我的确做过这些事情。"

上帝又打开了人的生命薄。上帝对人说："你一生都做坏事，你以恶报善，用侵害报答仁慈；你弄伤抚养你的双手，你轻视给你吃奶的乳房；叫向你讨水喝的人忍渴而去，亡命的人晚上把你藏在他们的帐幕里，你不等到天亮就告发了他们；你的仇敌没有害你的性命，你却暗算了他，你的朋友跟你在一块儿走路，你得到钱就出卖了他，对那些给你带来'爱'的人，你却以'欲'报答。"

人回答说："我的确做过这些事情。"

上帝合上了人的生命簿。说："我一定要把你送到地狱里去。我的确就要送你到地狱里去。"

人叫起来："你不能。"

上帝对人说："为什么我不能送你到地狱，你有什么理由？"

"因为我一直就住在地狱里面。"人回答道。

裁判所中寂静无声。过一会儿上帝说话了，他对人说："我既然不可以把你送进地狱，那么我一定要送你到天堂。我的确得送你到天堂里去。"

人叫起来："你不能。"

上帝对人说："为什么我不能送你进天堂，又有什么理由？"

"因为不论在什么地方，我绝对想象不出天堂来。"

裁判所里寂静无声了。

劳驾，买两张两便士的票　英国　曼斯费尔德

女人：有，有地方，亲爱的，这儿有的是地方。要是坐在我旁边的这位小姐能挪一挪，坐到对面去……您挪一挪行吗？好让我朋友坐在我旁边……太谢谢您啦！是的，亲爱的，我的两辆汽车全去为战争服务了。我坐公共汽车已经挺习惯了。当然，要是上剧院嘛，我就给辛茜娅打个电话。她还留下一辆汽车。她原来那个司机应征入伍了……那已经是好久以前的事……我想现在阵亡了吧。记不清啦。她的新司机我可一点也不喜欢。只要不出错，冒点险，我倒不在乎。可是他太固执了——不管眼前看见什么，他都横冲直撞地开过去。万一人家偏不躲，一下子撞上，后果怎么样，只有天晓得了。不过我记得她对我讲过，这个可怜虫胳臂肌肉萎缩，一只脚又有毛病，我想他那么不管不顾的，准跟这个有关系。我意思是说——啊……你还不明白吗！

朋友：……

女人：是的，她把它卖了。亲爱的，那太小了。你知道，只有十间卧室。那幢房子里边只有十间卧室。太怪啦！从外边看怎么也不会相信——是吧？又有保姆，又有奶妈什么的。男下人只好全住在外边……你总明白这是什么意思吧。

朋友：……

售票员：请买票。买票啦。

女人：多少钱？两便士，是不是？劳驾，买两张两便士的票。你别掏了，我身上带着铜板呢。

朋友：……

女人：不。我有零的，等我找找。

售票员：请买票。

朋友：……

女人：真的吗？确实如此。我想起来了。对了，我来的时候买票花了。好吧。这次让你买，就这一次，下不为例。战争时期嘛，亲爱的。

售票员：坐到哪一站？

女人：到勃尔顿斯站。

售票员：每人还得给半个便士。

女人：不，不对！我来的时候只花了两便士。你没弄错吗？

售票员（粗野地）：你自己看看牌子上的票价。

女人：喔，好吧。再给你一个便士。（对朋友说）这些人居然这么粗鲁无礼，太不像话啦。他们干这活儿，还是花钱雇的呢。可全是一路货。听说在公共汽车上干久了会损伤脊椎骨。对啦，我想原因就在这里。……你有泰迪的消息吗？

朋友：……

女人：他当了……他当了……是什么来着？到底是什么官？我真糊涂！

朋友：……

女人：不是！他早就升少校了。

朋友：……

女人：上校？不对，亲爱的，比这个官大得多。不是他带的连。他早不当连长了。不是他的营……

朋友：……

女人：团！对，我想是他的团。不过我刚才要说他晋升为……哎呀，我真蠢！准将上边是什么？对，就是这个职务，参谋长。当然喽，泰太太这下子算心满意足了。

朋友：……

女子：哎唷，亲爱的，眼下人人都争着往前奔呢。官大官小全一样。泰迪人缘那么好，我真不明白怎么……太可怕了，是不是？

朋友：……

女人：你当真不知道吗？她在陆军部工作，干得挺不错的。我听说不久前加了薪。她的工作好像是跟发阵亡通知书或寻找失踪的人有关。我也说不准她究竟干什么。不管怎么着，她说干她那份工作叫人心里有一股说不出的郁闷，另外还得看家长写来的信，读起来叫人肝肠寸断。幸亏她办公室里那帮人成天乐乐呵呵，全是军官太太，自己煮茶，还轮班到斯图亚特的店里去买蛋糕。她一星期有半天假，可以去买东西，或者去烫发。上一次我们俩一块儿参观了伊瓦特的春季时装展览。

朋友：……

女人：不，也不尽然如此。我对这些连衣裙可腻厌透了。我的意思是说，我也对她说过，何必花那么多钱到伊瓦特服装店去定做衣服呢。时间一长，谁能分得出来哪件是伊瓦特做的，哪件是买的现成便宜货。当然，自己知道料子好，别的方面也好，心里痛快，不过看是看不出来的。不，我劝她买一件好的上衣和裙子。反正买一件好上衣和裙子总是划得来的，对吧？

朋友：……

女人：是的，这话我没对她说，不过我心里正是那样想的。她太胖了，不适于穿连衣裙。她的臀部太肥了。我差一点给自己定做了一件漂亮的蓝不吉吉的裙子，还镶着大红花边呢……你知道，我的好凯蒂不干了。

朋友：……

女人：是呀，这有多讨厌！我刚把她训练得差不多。可是她忽然心血来潮，决定要到军需部门工作。她们这些人现在全这样。她提出要走之后，我对她说，走可以，但严格规定她找到事（我想这极不可能），不准回来搅和别的佣人。

售票员（粗野地）：再往前坐，你们每人还得再花一便士。

女人：啊，到站了。真怪！我怎么没注意……

朋友：……

女人：星期二？星期二打桥牌？不行，亲爱的，我怕星期二去不了。你知道我每星期二都要带伤兵出来解遛。我叫厨子带他们去逛动物园或是别的地方——你不知道吗？星期三，星期三我有空。

售票员：你要是还不快点，等你下车时已经到星期三了。

朋友：……

棋逢对手 英国 西瑞尔·哈尔

下面是警官的一份报告：

局长亲启

先生：

本月十日晚七时三十一分，本署接到电话，说是一个姑娘在迪福特·帕尔瓦大街的维卡拉基巷被刺。打电话的人自称约翰·丹尼森。我认识这个青年，他住在约伯尼的市属公寓，曾在马克汉普敦的维尼尔法院被指控殴斗和盗窃罪（1954 年卷宗第 892 号）。

我随即赶赴现场，发现了克里斯廷·芭尔京的尸体，时间是晚上八点三十七分。死者十八岁，住迪福特·帕尔瓦大街的朱伯尼·特雷斯胡同。尸检报告表明被害者的胸部被创，系由一把长刃刺杀而亡（报告随信呈上）。

约翰·丹尼森很快赶来了。他是从约有一百五十码外的公用电话间那儿来的，情绪十分激动。他告诉我当晚曾约好与死者会面，意欲陪她参加马克汉普敦市政厅的舞会。他们要去维卡拉基巷口的汽车站，打算搭乘七点四十分的公共汽车进城。这时，突然在巷子附近的灌木丛中跳出一个男人，此人面目在黑暗中无法辨认。他从后面给死者一击后立即逃亡。

经过进一步的询问，丹尼森自愿提供情况说，他认定凶手是查尔斯·帕克。我对这个青年亦有所闻，他住在迪福特·马格拉街的河滨巷，曾于上次大审中被控犯有蓄意伤害罪（1954 年卷宗第 493 号）。丹尼森声称，帕克两度因他与死者的关系公然对他以武力相威胁。我有理由认为死者禀性怪癖，轻浮放荡。

尸体运走的工作安排妥当后，我邀请丹尼森随我一同去警署。查尔斯·帕克也在那儿。

金帕探长记录了他的陈述，我们到那儿时他正好就要讲完。

两人一见面，都摆出了一副跃跃欲斗的架势。为了他们的自身安全，只好把他们分别关进单人牢房。

从金帕探长的笔录中得知（笔录一并呈上），帕克是在七点四十分到达警署的。（我的实验结果表明，可以用十分零二十秒从犯罪现场跑到警署。）帕克陈述的大意是：他当晚与死者约会，准备一起去马克汉普敦的开罗电影院去看电影。他们在前面维卡拉基巷的汽车站的路上……下面我也无须赘述了，先生，把两者的供词比较一下，实际上是完全相同的。帕克向金帕探长表示，他坚信丹尼森就是凶手，并说丹尼森曾三次殴打过他。鉴于这种情况，我对两人都进行了仔细搜查。

在丹尼森的身上，我发现了一块手帕（弄脏的），一份马克汉普敦的《每夜新闻》，一包香烟，一盒火柴，一个钱包，内有三先令六点五便士的现金，一把随身携带的小梳子和一把带鞘短刀。他说带刀是为了防身，尤其是为了防备帕克。刀子显然是刚刚磨过的。他穿的是"无赖青年"式的衣服，右袖口处我发现有血污一块。他坦然承认这很可能是死者的血迹。

他说在她负伤倒地时，他曾扶过她。

在帕克的身上，我也发现了一块手帕（弄脏的），一只打火机，三张淫秽照片（一并附上），一个钱包，内装现金两镑十先令六点五便士，一把小梳子，一条皮带，上面挂有个空刀鞘。检查了他的单间牢房后，发现了一把刀，与丹尼森的那把刀相似，此刀是藏在牢房的通风器里。经过一番盘问，他不得不承认那是他的东西。他声称带刀子是为了自卫，特别是为了防范丹尼森。

这把刀也可以看得出是新近磨过的，进一步检查，发现刀上有血迹。在他的手帕上也发现了血迹，他说是由于在磨刀时划破了手。他右手的拇指上的确有一道新近愈合的伤口。他的服装式样与丹尼森的相仿，衣服上未发现有血污。

在警署的化验表明（化验报告随文呈上），所有的血迹均系 O型，与死者的血型一致。

不妙的是，帕克也是这种血型。经检查，丹尼森的血型则是 AB型。

十一日清晨，我重返维卡拉基巷的现场勘察。虽然巷内路面泥泞，然而还是可以分辨出一男一女走向犯罪地点的脚印。我还从巷子的另一端出事地点的一片灌木丛里，发现了一个男人的脚印（附照片）。这脚印在这儿与那一对男女的脚印交错在一起，其中也混杂着我和其他警官的脚印。

我取来死者的鞋，证实了与那女人的脚印相吻合。然后我又找来两个被拘者的鞋子，真叫人吃惊，两双鞋几乎一模一样，都是新的，黄褐色的微孔皮革，皱胶底，鞋码均为 10 号。经过询问查明，两人先后相差几天在马克汉普敦的高街上的同一家商店里所购。两双鞋都沾了泥，不用说每一双鞋都适合那两组脚印。

我走访了死者的母亲和姐姐，继续进行询查。其母对自己女儿的活动一无所知，不过她姐姐告诉我，死者和这两个年轻人中的每一个都经常外出，每个人都曾为她和另一个人的交往而威胁过她。她也说不上她妹妹是和其中哪一个共度了出事的那个夜晚，可她提到了，说她是个舞迷，经常去市政厅跳舞。她又说她妹妹很爱看德怀特·拜布尔主演的片子，而这位影星的一部新片"巴黎恋歌"那天正好在开罗电影院上映（参见呈上的《每夜新闻》的广告）。

审讯目前看来是无法进行下去了。两个年轻人都矢口认定自己的供词全是事实，我也简直没法确定谁在撒谎。要想找到更多的证据，希望十分渺茫。但是两人之中必有一个是这次蓄意谋杀的凶手。我非常遗憾，我没法在这种情况下将可疑的人犯逮捕归案。（警官：B·波特里斯）

局长把这份报告仔细看了两遍，接着在页边批示："立即逮捕丹尼森。他撒起谎来真是胆大包天，不过有一点他露了馅：如果他是带着克里斯廷去参加舞会的话，他为什么竟穿着一双皱胶底鞋呢？"

大理石鸽子 丹麦 凯尔德·阿贝尔

祖母做油煎饼的诀窍是：两磅面粉、一磅砂糖、八个……八个鸡蛋？……不，六个就差不多了，一百二十五克黄油、两调羹奶油、一点氨粉和一些碎柠檬皮，然后只消这么一弄，再放到清油里，放到猪油里也成，现在它们变成淡褐色了，瞧，这就是油煎饼。油煎饼、犹太饼、褐色的点心以及小蛋糕和大糕点，美味得让人倒胃口的，所有食物上都放满了杏仁，地板上到处是白砂糖和罐头盒盖子。日历告诉人们，圣诞节即将来临了。我的天哪，还有八天就是圣诞节了！喔，对了，您知道吗，等您盼来了圣诞前夜，也就筋疲力尽了。圣诞节那天您就会吃腻了鹅肉，圣诞节第二天，圣诞树的松针撒落一地，圣诞节第三天简直就令人诅咒了。

"哼，您倒说得轻巧。"

一位愁眉苦脸的姑娘边嘟囔边跨上她的自行车。她小名叫安娜，至于姓什么，那是无关紧要的。她的父母都去世了。她对人生的一切都敬而远之，每天坐在商店的收款机前闷闷不乐地工作。下午五时，她骑自行车回家，次日九点，她又准时开始重复前一天的工作，如此日复一日，心如死灰。商店里顾客如潮，人们拥进拥出，采购最后一批圣诞礼品。对了，您一定知道，那些礼品并非特别值钱，并也不能够显得太寒碜了。您送给弟媳什么礼物呀？喔，这您放心，她肯定会欣喜若狂的。那么别人会不会也欢天喜地呢？谁……喔，您指的是孩子，当然，当然，这也是他们的节日嘛。不错，这确实也是孩子们的节日。有猪肝酱和腌肉吃，腌肉再加上赞美诗，我们还要给圣诞树披上节日的盛装，把一颗星星挂在树顶。纸做的天使围着闪闪发光的金属彩带，插着锡纸的翅膀，飞来飞去，纸板做的星星在眨眼，红色和白色的天梯在松树的芳馨中交叉横陈在玻璃球之间——好一派圣诞良辰的热闹气氛。可是，如果无处享受这圣诞节气氛，那么它来临不来临又有什么两样呢？安娜，那位心情忧郁的姑娘，边骑自行车边这样想。她在车灯里放上一支圣诞蜡烛，朝着教堂墓地蹬去，她要让那些长眠地下的人也知道，现在正是节日。在墓地的门口，她买了一束圣诞节时才开放的郁金香，这束花虽然枝细叶瘦，却顽强地用它那炽烈的颜色引人注目。安娜要把这几朵插在枝条拂地的松树上，剩下的要点缀大理石白鸽子底座四周围着的镀镍栏杆。当她走上墓地的小径时，其他扫墓人正陆续离去。他们毫不悲戚，愉快而迅速地履行了对故人与往事的义务。这些人掩饰不住脸上迫不及待的神情。那些笑眯眯的眼神已开始幻想着如何改变这世界，圣诞节的钟声和棉花似的雪片会使它面目一新。嘴是谈论美好的事情的，此时几乎忍不住要去议论鹅肉和紫菜头的美味了，但他们还是克制住，因为事情要一样一样办，先要准备圣诞铃，再采购紫菜头，而后是圣诞树，再置办圣诞礼物，最后还是免不了出漏洞，比方说有个朋友寄来了恭贺节日的明信片，而自己却恰恰忘掉给这个朋友寄去一张。安娜肃立在墓前。坟墓维护得很好，四周有一圈黄杨灌木丛，一道锁链围栏阻止闲人进入那块通向墓碑的小花园。这块在寒冬中由石砾和玫瑰花组成的方寸之地是她的财产，是她在大地脸上一星星私产。在这块土地下面安葬着催人回首往事的故人，而高悬于大地之上的苍穹却对安娜此时庄重肃穆的仪式无动于衷。安娜怀着悲痛的心情扫了墓，然后坐在一张罗马风格的长铁椅上陷入沉思。她的脸庞已有些憔悴，人们把她忘了，因为人们对她从来都是不屑一顾的。从来没有人想到她，没有人赠给她礼品。圣诞节并不见得是孩子们的节日，不然也会有她的份的，她向来是一个乖孩子。墓碑之间的空地黑的，只有那只大理石小鸽子散发出洁白的光彩。它真可爱啊！它总是守候在故人与鲜花中间。除了这里，它又何处能去呢！"你不要紧吧？"那只鸽子扬了扬头说，"我心里好难受啊，我独自一个陪伴着这墓地，那碑文我能横着、竖着、正着、倒着背诵如流了。你认为这有什么乐趣吗？绝对没有！"安娜一下子目瞪口呆。

"是的，你当然不知道什么叫做难受！我这只紧闭双喙的鸽子越来越像一只漫画上的秃鹰了。而你跑到这儿来，拔拔草，松松土，把所有干枯的树叶扫到人家的墓地里，这对你来说只不过是一种乐趣罢了！"

"鸽子啊，你怎么冤枉人呢！"这是安娜唯一能讲的话。

"哼，别把我与你的鸽子混为一谈！我是大理石之身。即使不是大理石鸽子，我也会成为石碑的。我奉劝你赶快回家，你简直令人

精彩绝伦的微型小说

讨厌。我憎恨那些靠着往事而生存的人，尤其是那些一无所有的人！"

"你这只可恶的鸽子，心眼儿太坏了！"

"是的，你说得不错。可你到底是何等人呢？你只不过是人口普查表上的一张照片，近况：未婚，特征：接受不起别人的礼物。"

"可是从来没有人给过我什么呀。"

安娜用戴着手套的手指边擦鼻子边抽泣着说。

"没有吗？你知道我在想什么？我想向别人夸夸口。"

"喔，这样可不好。"

安娜说着抬起眼睛。

"不好？……好吧，随你去说吧。我要说的东西的的确确是值得夸耀的，很值得夸口的。它不是别的，而是这大地，整个地球！"鸽子边说边高傲地展开翅膀，它立足不稳，险些栽进后面的扁柏丛里。

"可是我要大地有什么用呢？"她说，这时候一泓泪水已含在她的眼里，她几乎哭起来，因为那鸽子在逗弄她。

"瞧，你自己瞧！"那鸽子暴躁地叫着。

"你既不知道人家送你什么，也不情愿接受人家给你的礼物。实际上，早在许多年前你第一次过生日的时候就得到了它。但是你的父母当时说，对你来说嘛，还是等一等更好。这样一来，地球殷切地等了你多年，它以为你总有一天会想到它的。然而你却没有，直到现在我再次慷慨大方地把它送给你时，你还是不愿笑纳。它太大了，是不是？放不进抽屉里。你要大地究竟有什么用呢？当然是在它的怀抱里生活，生活——我说的是生活！过圣诞节的不是有一大批娃娃吗？他们来日方长，生长繁衍，子孙相传，但我可不愿同你谈论这些。我的礼物太妙了，简直太美了。好了，他们要关门了，你还是快走吧。你以为我愿意守在这里看着你一整夜吗？"那鸽子再也不吭声，又去聚精会神地默读墓碑上死者的生卒年月和姓名了。

在公墓外边，车水马龙，熙熙攘攘，人间充满了音乐和油煎饼，还有用粉红纸包装、彩带缠绕、插着松枝的礼物。所有松树都好像要去参加化装舞会的人们一样，被打扮得异常美丽。安娜，那位郁郁寡欢的姑娘站在那里，双手抚摩着自行车。突然之间，空气变得清新宜人，点心和炒杏仁的气味被净化掉了，那姑娘弯下身去，把手放在大地上说："谢谢，谢谢，我愿意要你。"

当她骑着自行车顺着街道驶去时，那马路说道："祝你圣诞节快乐！"

他母亲的伙伴 澳大利亚 亨利·劳森

电灯光下，剧院门口的台阶上，坐着一个面容憔悴的妇人。她手里抱着一个孩子，身旁站着两个，膝盖上放着一叠报纸，紧挨脚边的一个雪茄烟盒就搁在人行道上，里面装满了火柴、靴带和骨领扣。

一位绅士模样的人，从马路对面的"大理石酒吧间"走了出来。他在人行道上站了片刻，看了看表，然后径自向剧院走去。他穿过大街，走近人行道的时候，把手伸进了衣袋里。

"买报，先生？"一个报童叫道，"有《新闻》，还有《星》。"

但那位先生已经注意到台阶上的妇人，并朝她走去。

"买报吧，先生！这里有《星》。"孩子嚷着，一下子闪到他跟前，目光很快地从先生脸上转向卖报的女人，说："没有关系，先生！都是一样的——她是我母亲……谢谢。"

一个黑夜

爱尔兰　萨缪尔·贝克特

发现他伏地趴着；没有谁惦记他，没有谁寻找他。一位老妇人发现了他。大概说来这是很久以前的事了。她漫无目标地寻找野花，仅仅是黄颜色的。一心盼着野花却意外碰见他伏在那儿，他面孔朝地两臂伸展，身穿大衣尽管不合时宜；挨着尸体隐约露出一长排纽扣从头到尾紧扣着他。各种纽扣形状相异大小不一。裙子穿得略高但仍然拖地拖曳。乍看也吻合。头颅近旁斜躺着一顶帽子，从帽边帽顶便看得出来他身着略呈绿色衣服趴着并不太显眼。从远处再瞅上一眼只见得那个白色头颅。她是否以往在什么地方见过他，在他脚的某个部位见过。她全身衣着乌黑，长长的裙边在草地里拖曳着。天色已暗，现在她是否该离去走进东方。这是她的影子过去常走的方向。一条漫长的黑影。这是出生羊羔的时节，可并不见羊羔。她望不到一头，假设碰巧有第三者路过他只能见到躯体。起初一眼是那位老妇人站立的躯体，走近再一瞧躯体就地趴着。乍看也吻合。荒野，老妇人一身黑服一动也不动。身躯在地上纹丝不动。黑色臂上端是黄颜色的；白发在草地间；东方在夜晚动弹不得。天气，天空昼夜阴云密布，西北偏西的边角终于露出了太阳。要雨水吗？要使你愿意下几颗雨滴，要使你愿意清晨下几颗雨滴。就此说定。这是很久以前的事了。一整天关闭在屋内，她现在和太阳一起出来了。她加紧步子想拿下整个荒野。奇怪路途杳无人迹。她漫无边际地瞎走，狂热地寻找着野花，狂热地眼巴巴看着夜幕降临的危急。她惊愕地说每年这个年头怎不见有一大群羊羔。早年丧夫那会儿她还年轻，穿着一身黑衣，为了让坟上的花儿再度开放，她浪迹四处寻觅他昔日钟爱的花朵。为了给他的黑色臂端上配上黄花，她费尽心机最后还落得两手空空。这是她出门第三桩吃惊的事情，因为这该是野花遍地的时节。她的故友的身影使她厌恶。受不了，因此她把面孔转向太阳。她渴望夕阳西落，渴望在漫长的夕照中再次毫无顾忌地游荡。更为凄伤的是她的长黑裙在草地拖曳时发出熟悉的窸窣声。她走着，两眼半睁半闭，似朝着光亮走去。她可能会自言自语说对于简简单单的三月或四月的夜晚这一切显得过分奇怪了。终不见人烟，终不见羊羔，终不见野花。身影和窸窣声令人厌恶。行走途中脚震动了一具尸体。意外。没有谁惦记他，没有谁寻找他。黑色绿色的服装现在看来激动人心；白色头发颅弯依稀可见几片拔落的野花。一张阳光晒焦陈旧的面容。一幅生动的场景，如果你愿那么说的话。现在开始万籁俱寂，只要她不再走动。终于太阳西下，太阳不见了，阴影笼罩万物。这儿四周只有阴影一片。余晖渐渐隐退。黑夜无星无月。一切显得吻合。不过仅此而已。

汽车司机 匈牙利 厄尔凯尼

彼莱斯雷尼·尤若夫是个运输工人，他驾驶的车牌为"CO－75－14"的汽车停在一个角落的售报亭旁。

"我要一份《布达佩斯新闻报》。"

"对不起，售完了。"

"那么来一份昨天的也行。"

"昨天的也卖完了，不过我这儿碰巧有一张明天的报纸。"

"那上面刊登电影院的节目吗？"

"电影院每天放映的电影都登在上面。"

彼莱斯雷尼坐在车上翻阅起报纸来，不一会儿，他看到了一条放映捷克斯洛伐克电影的预告——"金发姑娘的爱情"，别人也在夸耀这部电影。这部电影在斯塔奇大街的"蓝色山洞"电影院放映，五点半开始。正巧，离开映还有一段时间，他继续往下翻报纸。他的眼睛一下子停在一条关于彼莱斯雷尼·尤若夫的报导上，上面写着，彼莱斯雷尼驾驶一辆牌为 CO－75－14 的小轿车在斯塔奇大街上超速行驶，在离"蓝色山洞"电影院不远处与迎面开来的一辆卡车相撞，运输工人彼莱斯雷尼当场丧命。

"竟然有这样的事！"彼莱斯雷尼自言自语道。他看看表，马上就到五点半了。他把报纸往口袋里一塞，开着车就走了。汽车在斯塔奇大街上超速行驶，在离"蓝色山洞"电影院不远处与一辆卡车相撞。彼莱斯雷尼悲惨地死去了，他的口袋里还装着一份明天的报纸。

花色品种 匈牙利 厄尔凯尼

"您好！"

"亲爱的顾客，您需要什么？"

"我想买一顶褐色帽子。"

"什么样式的？运动帽、宽边帽还是普通帽子？"

"您看我戴哪种帽子好？"

"试试这一顶吧……喔，这顶帽子，颜色不算深，也不算浅，质地轻柔，您戴正合适。这儿有镜子，您照照看。"

"行，我看不错。"

"那还用说，就像是为您——亲爱的顾客设计的。"

"麻烦您拿一顶别的帽子给我看看。"

"好的。我看这一顶不错。"

"不错，挺合适。可我不知道挑哪一顶好。"

"依我看，这两种都不好，我再给您拿一种，不少顾客都夸这种帽子呢，说它比前两种帽子都好。"

"您说得对。请问，这三种帽子的价格有什么差别。"

"价钱都一样。"

"质料有什么不同？"

"我敢说，哪一个都不差。"

"那么，我试的三顶帽子究竟有什么差别？"

"什么差别也没有，先生，我这里根本没有三顶褐色男帽。"

"那么有几顶？"

"只有这一顶。"

"可是我刚才试了三次呀！"

"是的，先生。请问您到底要哪一顶？"

"我自己也不知道，就要头一顶吧！"

"我认为这一顶最好，当然其他两顶也不错。"

"不，不……现在我坚持要第一顶。"

"听候您的吩咐，先生。再见！"

田野里出世的婴孩　土耳其　奥尔汉·凯马尔

在一望无际的棉田里，农场工人们十五人或二十人排成一列，一个劲儿在清除秧苗旁的杂草。在骄阳中，气温一直升至一百四十九度，在炫眼的、铅灰色的天空下，没有一只鸟儿在飞翔。太阳似乎主宰着一切。农场工人们汗水涔涔，有节奏地不断挥动锄头。锄头的尖端落在焦土上，发出"啦"、"啦"的声音；随着锄头均匀的起落声，农场工人们哼着歌，烈日的淫威似乎吞没了这歌声：剩下来的土地里，他们播种小米，播种，收割，然后包装，亲人们给我们送来石榴和香梨。法尔霍·乌扎依尔那双肿胀的手满是汗水，他把汗都揩在那条宽松的黑裤子上，同时掉过头去用布满血丝的眼睛瞧着他身旁挥锄头的妻子，他用库尔德语说，"怎么？你怎么啦？"古丽沙是一个肩膀宽宽的结实女人。她干瘪瘦的脸上淌着亮晶晶的汗珠。由于剧痛，脸已经不成样儿，而且露出一道道的皱纹。她没有回答。法尔霍·乌扎依尔用胳膊狠狠推了她的腰部："女人，你到底怎么啦？"古丽沙用疲倦的眼神瞥了丈夫一眼。她的眼睛深深地陷在眼窝里，怪吓人的，这时锄头忽地从她手中滑落，掉在地上。她用手紧紧按住大肚子，俯下身去，然后在红棕色的土地上跪了下来，由于烈日的曝晒，土地到处裂开。监视他们干活的汉子撑着黑色的太阳伞站在一旁，这时叫了起来："古丽沙！是这个吗？不要再干了，走开！"她痛得死去活来。她用枯瘦而依然有力的手指攥住一块干裂的泥土，手指捏得紧紧的。她使出常人罕有的力，咬紧牙关控制自己。一圈圈漆黑的斑点在她眼前飞舞。她突然呻吟起来，"哎唷唷！"对一个女人来说，劳动时被陌生人听到这种声音真是丢脸。法尔霍·乌扎依尔咒骂起来，飞起大腿朝妻子的腰部狠狠踢了一脚。女人驯服地蹲在地上。她知道这副样子丈夫是不会宽恕的。当她两手撑着地挣扎着站起来时，监工的又说："古丽沙！快走！娘儿！现在你赶快走，快！"她的阵痛遽然停止了，但她感到等一会儿又会突如其来，而且来势会更加凶猛。她朝离她一千英尺光景远的沟渠走去，这是农场的边界。法尔霍·乌扎依尔在他妻子身后咆哮着，他看到九岁的女儿赤脚站在监工的身旁，于是吩咐她说："你得代妈干活！"女孩知道现在该轮到她了。她拿起和自己身子一般高的锄头，走到行列里。锄头的柄上还沾满妈妈手上的汗呢。这种事是很平常的。锄头的起落声依旧和农场工人们的歌声相应和。太阳直射在堆满畜肥的沟渠上。草绿色的蜥蜴在红褐色的泥土上悄悄爬过。古丽沙挺直身子站在沟渠里，她环顾四周，在炙人的热浪中侧耳细听。看不到什么人。空旷的土地上热气逼人，这片土地向远处延伸，似乎没有尽头。伯劳鸟的尖叫声在空中回荡。她把宽大的黑裤子口袋里的物件全部倒空，并取出一些东西。她知道自己分娩期已近，早就张罗好这些东西：缠在一块纸板上的两股长线，一把生锈的刀片，几件颜色不同的衣服，还有破布、盐和柠檬干。这些东西，她是在农场的垃圾桶里找到的。她准备把柠檬汁榨到婴儿的眼睛里，用盐擦孩子的身体。她把衬裤一直褪到腰部下面，将婴儿的裤子折好放在一块大岩石下面，在地上铺好破布，把一团线解开，并把柠檬切成两片。她不想蹲下身去，忽听到后面有走动声。原来是一只狼狗！她捡起一块石头向他扔去。那只狗吃了一惊逃开了，但没有消失。它等着，润湿的鼻子嗅呀嗅的。古丽沙焦急极了，要是她现在生孩子，昏了过去，那只狼狗就会把孩子活活咬成一块块的！她还记得那位库尔德姑娘菲丽丝。菲丽丝也像她一样在沟渠里分娩，她把孩子抱到身边后，竟昏了过去。她醒来时向四周一瞧——孩子不见了。她到处找寻……最后，在远处一株矮树下，她发现孩子已被一只狼狗咬得支离破碎！古丽沙又向那只狼狗看了一眼，瞪着眼仔细打量。狼狗在她的目光下退了几步，但还是盯住她。眼睛射出异样的光芒……"莎弗仑，"她叫，"莎弗仑。"她不懂自己怎么会喊起远在约一千英尺以外的女儿来："快来揍它！你这只该死的恶狗！"那只狗勉强退后三十英尺左右，又停下身来蹲着，眼睛闪着蓝幽幽的光，伺机而动。这时古丽沙肚子又痛了起来，这是最厉害的一次阵痛。她裸着膝盖蹲下来，两手撑住地面，呻吟起来。她脖子上静脉粗得像手指一般，颤动着。疼痛一阵接一阵袭来，一次比一次痛得厉害。

突然涌出一股热血……她的脸露出惊骇的神情。整个世界在她眼前垮了下来。

"法尔霍，庄稼汉，"监工说，"跑去瞧瞧那个女人……她也许会送命的。"

法尔霍·乌扎依尔朝妻子在苦苦挣扎的那个沟渠望去，摇摇头，恨恨地骂了几声，继续干活。他怒火中烧，怨恨自己的妻子。额上冷汗直冒，汗水从他浓眉下一滴滴淌下来。

"瞧那边，小子，"监工又说，"跑去看一看那女人怎么了。你怎么也想不到的！"法尔霍·乌扎依尔把锄头扔在一边，往那边跑去。真想一脚接一脚地踢她……这个不中用的女人捣他的鬼，他真受不了。他在沟渠边停住脚，睁大眼睛向下瞧。古丽沙倒在地上的小路旁。在沾满鲜血的一块破布上，浑身上下一片紫红色的婴儿在伸手伸脚地扭动。一只狼狗正扑在婴儿身上。他霍地跳下沟渠。狗三脚两步逃开了，舔着血淋淋的嘴。法尔霍·乌扎依尔把围在婴儿脸上的绿翅苍蝇赶走。婴儿闭着眼睛，手脚还在扭动。法尔霍·乌扎依尔打开布来，原来是一个男孩子！男孩子！法尔霍一下子变了。他仰望天空，严峻的脸上露出一丝微笑。他抱起婴儿，从地上捡起血迹斑斑的破布。

"我的儿子！"他大叫一声。他乐得几乎疯了。养了四个女孩后，居然来了一个男孩！古丽沙感到丈夫就在身边，张开眼来。她不顾自己的身体，挣扎着想站起来。

"这回你挺不错，"法尔霍·乌扎依尔说。

"挺不错的，女人！"他抱着婴儿从沟渠里一跃而出。监工看到他穿过红棕色干裂的土壤跑来。

"那边……那边……"他说，"法尔霍向这边走来了！"大伙儿都停止干活。农场工人们倚着锄头，目不转睛地瞅着。法尔霍气喘吁吁地走了过来，大声喊道："我的儿子！我有一个儿子了！"他把婴儿紧紧抱在胸前，婴儿裹在一块带血的破布里，浑身还是紫红色的。

"嗨，你得小心，庄稼汉，"监工说。

"当心，庄稼汉！别抱得这么紧，你会把他闷死的……现在你回农场去吧。告诉厨师，是我派你来叫他给你些油和糖浆，让女人吃一些吧。走吧！"法尔霍·乌扎依尔不再感到疲倦了，炎热他也不在乎。现在他年轻得像二十岁的小伙子，身上轻捷得像小鸟似的。他向农场的小泥屋走去，茅屋顶在他的眼前隐隐闪现。

森林艺人帕齐　芬兰　彭蒂·哈恩帕

荒山野岭，杳无人迹，只有原始森林发出悲哀的叹息。在这个远离尘世之地，人们很容易产生厌倦、忧郁，乃至虚度年华的念头。真正的生活不在这里，而在那人烟稠密、充满阳光笑语的远方……莽莽丛林，像一架巨型乐器，伐倒一棵树，如同切断了它的一根琴弦。伐树、剥皮、修整原木，伐木工人的生活就是这样周而复始，枯燥无味。有时，碰上连日阴雨，树梢上挂满了晶莹的雨珠，森林里充溢着潮湿的寒气，你也只好躲进伐木场的小屋栖身。坐落在密林深处的这些低矮的小屋，阴森恐怖。在这里，你看到的是熟悉、呆滞的面孔，听到的是粗野无聊的对话。无须对方开口，你就能猜到他要说些什么了。玉米粥是伐木工人一日三餐充饥度日的食粮，又黑又脏的煮饭锅倒人胃口，里面的食物可想而知。那些用来消磨时光的纸牌也沾满了污垢，令人作呕！看到伐木工人的这种生活，你会感觉到自己也被玷污了……然而就在这时，帕齐来了。人称"疯子"的帕齐，经过数日徒步跋涉，穿过密林，从人烟稠密的地方来到这里。当然，我们当中的一些人很了解这个身材矮小的男人，从来也没有人把他当作傻瓜……"想吃点什么吗？"有人会问他。

"如果有的话……"各个小屋之间相隔甚远，伐木工人的粮食来源有限，常常吃了上顿没下顿。可是帕齐是不会忘记那句老话的：民以食为天。当你亲眼目睹了帕齐是怎样饮海吞山的话，你很快就会知道世界上的确有这样的大肚汉。面包、黄油、烤肉，顷刻之间就会被他扫荡无余，如果还有汤和菜，帕齐也不会放过。等到他吃饱喝足，在裤腿上擦净佩刀，插回鞘里，再打上几个饱嗝儿才开口说道："现在，轮到我给你们逗逗乐了。"

帕齐是一位艺术家，一个真正的喜剧大师，尤其是他的面部表演，堪称一绝。他的面皮和头皮灵活得似乎与整个骨头互不黏结。两耳能自由地动；鼻子可以朝任何一个方向随意变形；嘴巴既撅得出，又收得进，忽而斜扭，忽而前伸，好像一个旋转的陀螺。帕齐惊人的演技尤令初次领略的人们惊服。当你睁大眼睛，坐在那里目睹他的表演时，往往会感觉到眼前的奇景令人难以置信……帕齐带着他的"绝技"从一个小屋来到另一个小屋。你或许要问，他的生活有什么意义呢？对一个孤苦伶仃的伐木工人来说，在这片与世界隔绝的原始森林里，遭受艰苦生活的煎熬，日复一日，年复一年；而这张能随意扭动的脸，这些奇形怪状的面部表演，有时，的的确确能给他寂寞的心灵带来一丝安慰：是啊，这就是人，人生即此——十足的傻瓜。

"疯子帕齐"是一位艺术家，像那些周游世界的传教士一样，凭借自己的一技之长糊口谋生。伐木工人都心甘情愿将自己的口粮同他一起分享，有时还给他一两个铜板。于是，帕齐马上就会报答他们："现在，轮到我给你们逗逗乐啦。"

帕齐在他的旅途中可谓饱经风霜了。一次，他和另外两个人同行来到一个偏远的林区。他们是第一次到这儿来，所以，这里的伐木工人从未听说过"疯子帕齐"——鼎鼎大名的森林艺人。抵达时，天已黑了，人们都进入了梦乡。那两个同伴点燃炉火，打开背包，取出丰盛的晚餐。帕齐躺在一旁，一边凝视着吃得正香的同伴，一边絮絮叨叨说个不停。和往常一样，他从不预备干粮。不过，他也绝无乞讨的习惯，而是躺在那里发牢骚："你们现在不要往炉子里添柴了，要不，等会儿可有你们好看的！"饭后，两个同伴倒头酣然入睡。第二天清晨，其中一人醒来，发现他的背包软瘪瘪地吊在树枝上，已经空了。他困惑地望着那只背包，大声喊道："这是怎么搞的，昨天晚上这只背包还是满满的，装着足够我吃上一个星期的食物，现在什么都没有了！是不是有人拿错了？难道还会有贼吗？"听了这话，倚在一旁的帕齐打着饱嗝儿走过来，懒洋洋地对他说："这是什么话，什么贼不贼的，你背包里的东西是我吃的，和你开个玩笑，这可不能怪我，谁叫你们昨晚不听我的话，把火炉烧得那么热。我整整一夜连眼皮都没合，真的！"经过协商，伐木工人们决定，由他们每人捐出一些食物，弥补那个"倒霉蛋"的损失。不过，也要对帕齐进行处罚，让他为这个林区不讨人喜欢的工头表演他的"绝技"。帕齐上路了，那个新来的工头对帕齐一无所知。当这个从来也没有人把他当成傻瓜的矮小的男人出现在门口时，工头冷冷地望了他一眼。

"你是来找活儿干的？"工头上上下下打量着帕齐问道。

"不，"帕齐说，"我是来给您逗乐的。"

说着，他开始表演自己的绝技。两耳前后飞动，鼻子拧作一团，嘴巴由左耳咧到右耳，然后转了一圈，又从下颏咧到前额，工头看呆了，瞪圆了眼睛，半晌说不出话来。但是，他终于意识到自己遭受愚弄，而且是被这么一个流浪汉愚弄——好大的胆子呀！

工头暴跳如雷，一阵拳打脚踢，把帕齐赶了出去。受到如此虐待，帕齐十分痛心，这样的"绝技"竟然得不到工头的赏识，他感

精彩绝伦的微型小说

到自尊心受到极大的伤害。帕齐没有向任何人辞行，独自一人，愤愤离去，重新开始他的流浪生活，去寻找知音，哪怕走到天涯海角……那些孤独的伐木工人，在与世隔绝的原始森林里，遭受艰苦生活的煎熬，日复一日，年复一年，当他们看到帕齐那惊人的面孔，绝妙的表演，也许有人会突然从内心深处萌发出一声惊呼：唉，的的确确，这就是人的生活——十足的傻瓜！

港口和大海　芬兰　托伊沃·佩卡宁

　　港口总是港口，它吞噬了许多人的性命，每年，每周，几乎每天那里都发生悲剧。我们有时从报上看到港口的新闻，惨绝人寰的受伤事故、自杀和死亡，但这一切并非最糟糕的。那最可怕的是看不见的，尤其那些被港口活活吞没，终身被禁锢在樊笼里的则更可怕。这一切也许并不能归咎于港口，而是因为陆地和海洋上的一切污泥浊水都流到港口，把那里的空气污染了。我指的是人，充斥各个港口的社会渣滓。但这也许不能归咎于人，因为他们之中好人毕竟多于坏人。港口只是港口，肮脏，阴暗，不可思议……然而港口也有吸引人的有趣东西。那儿有从南美来的游艇，有在希腊船上跳舞的孟加拉黑小子，有满嘴镶金牙的中国厨师，他们给人带来了冒险精神和异国风情，给陆地带来了浩瀚的海洋气息和友好的问候。缆索在风中呼叫，蒸气噗噗喷出白气，卷扬机和吊车发出轰隆隆的吼鸣，火车和卡车穿梭来往不息。在阳光下，码头工人哼着小曲，骂骂咧咧，大声喊叫或埋头干活，而流浪汉吊儿郎当地在码头上逛来逛去，流露出一副懒散的样子。他们吃喝，手中托着几个铜板，在空中上下抛动，兜找买主。这就是港口，它给人带来面包，也夺走许多人的人性。五月初的一天，海伦·卢斯号驶进了港口。这是一艘汉堡巨轮，从船舷走下一个名叫里斯托·朗达拉的人，他准备同轮船和海洋永远告别了。他出生在这个城市，但已没有活着的亲人。他离开这儿已八年了。正如人们常说的，海洋曾经"燃烧"过他，然而尚未把他"烧透"。他的心地也许比一般人好。他见过海上能见到的一切，经历了海上能经历的一切，但在他的心灵深处还有一点纯洁的地方——还留有一个美好的记忆。许多人一出海便什么都忘了，但里斯托·朗达拉没忘，尽管他并未许下任何诺言，也没承当任何义务。只是有一天，他忽然觉得大海松开了大手，他自由了，可以回家了。他隐隐觉得还有个人在等待他，虽然他已见过海上能见到的一切，经历过海上能经历的一切。当大海猛地松开大手，一个徙居异域的人心里自然会勾起许多奇异的联想，陷入回忆的漩涡。他感到一切恍如发生在昨天，今天还要继续下去一般。漫长的八年和大海恍如黎明前的一场噩梦，一去不复返了。只有家乡留下的那个记忆是真实的。不过生活是不允许人们忘却的，何况八年的海洋生活将惩罚，报复……现在里斯托·朗达拉踏上了故乡城市的码头，心想今天自己终于回来了，可以见到埃伦啦！他很高兴，往事又从记忆中涌现出来。埃伦只是个一般姑娘，他们之间没有山盟海誓，彼此都没承担什么义务。但里斯托感到，仿佛有个人在等待他。然而他脚下的码头完全是陌生的，他看到前面的城市是陌生的，他迎面碰到的人是陌生的。一切对他都是陌生的，没有一个熟人，城市变了，他所见到四周的一切都变了。但他丝毫也不怀疑，这是他的故乡，因为他太高兴了，尽管一切是陌生的，他仍了解这个城市，因为在这里有萦绕不断的过去记忆。八年前的一天早晨，一艘挪威轮船把他带走了……三小时以前，他拉着一位姑娘的手，这个姑娘就是埃伦。

"有一天你会回来吗？"姑娘问道。

精彩绝伦的微型小说

"我就跑这一次。"小伙子回答说……就这样，他们谁也没有作出许诺，谁也没有承担什么义务。他现在不知埃伦在哪里，也不知她现在怎样了。他印象中的姑娘还是八年前的，但一切恍惚就在昨天，今天还能继续下去。在仓库墙根前清扫垃圾的一个老头见他走过来，心里琢磨这个人好像朗达拉家的里斯托，难道天下有相貌如此相同的人吗？老头将笤帚往墙根一放，走上去仔细地瞧了一眼，老天爷，真是里斯托！"喂，你好呀！"里斯托止住脚步，望着面前老态龙钟的老人。他根本没想到，上了年纪的人老得这样快。尽管脸很熟悉，但并不认识。老头亲切的问候弄得里斯托有点局促不安。老头也犹豫起来，他们相互打量了很长时间。

"你不是朗达拉家的里斯托吗？"老头终于开口问道。

"是的。"

"我一眼就看出是你。你不认识罗登贝格老人啦。"

"你就是罗登贝格，你可变老了！"里斯托不好意思地、惊讶地道。

"老啦！"老头嘴里嚼着烟，会心地承认说。

"你一去有多年了吧？"

"八年啦，不过我现在不再走了。"

"你真不走了吗？有些人嘴上说不走，最后还是走了。这都是那海洋！……"他们又陷入沉默，面面相觑。里斯托感到有一种难以言喻的羞愧和痛苦冲击着他的心灵，仿佛现在他才豁然明白，原来他离开这儿已很久，整整八个年头了！当他在遥远的地方突然勾起乡思的时候，并未意识到这一点，岁月像噩梦被遗忘了。轮船从一个港口开到另一个港口，他目睹了海上的一切，经历了海上能经历的一切。有两个女人，两个被港口吞噬了的女人，两个涂脂抹粉、红颜已衰的女人打他们前面走了过去。这种女人是社会为码头工人和水手寻欢作乐而制造的。里斯托没有注意，但老头注意到了："方才走过去的就是埃伊诺拉家的那个埃伦。"

里斯托转过身去，一眼就看见了她，并认出了她。上帝！他看到的埃伦竟和他在各个港口遇见的女人一模一样。他蓦地感到自己还在大海上，他是属于大海的，埃伦只是个幻象。他模模糊糊听着老头慢条斯理地说："人真没出息！"

"是的，是没出息。"

里斯托心中唯一的希望破灭了，他感到自己是在一个陌生的城市里。这里的亲人都死了，一个美好的记忆，他心灵中唯一纯洁的、曾经促使他来到这里的东西已经不复存在。他的行囊还在轮船上，现在已没有取下来的必要了。

"港口是个不可思议的地方，"老头继续说，"简直没有办法！姑娘的父亲过世后，她开始到这儿来找点活干。她说她在等你。活儿挺累，而你的船始终不见影子，而许多别的船来了，许多别的人来了，来了又走了……"来了又走了。大海把里斯托又带走了，就像带走许多其他人一样，终有一天，大海将把他扔在某个港口——充斥着污泥浊水的港口，不再理睬他。

煤桶骑士　捷克　卡夫卡

煤光了，桶空了，煤铲无精打采，炉子吐着凉气，房里滴水成冰；窗外挂霜的树叶枯干僵硬，天空俨然是一枚银盾，挡住所有乞求帮助的人。我必须搞到煤，我不能就这样背对冷漠无情的炉子，面向冷漠无情的天空被活活冻死，我必须冲出这重重包围，踏上向煤店老板求援的路程。煤店老板对普通人的呼求充耳不闻，我必须不容辩驳地向他证实，我这里连一丁点儿煤也没剩下，使他明白，对我来说他便是天上的太阳。我要像一个乞丐那样去乞求他的帮助。这种乞丐，喉咙里发出濒临死亡的哮喘声，大有非死在人家的门台上不可之势，于是，那些大户人家的厨子便把咖啡壶里的残渣剩汤施舍于他。煤店老板大概和大户人家的厨子相差甚少，尽管他内心充满恼怒，终究能品味到我的要求，说一声："你死不了。"

然后把一铁锹煤扔到我的煤桶里。我到达的方式将决定我的成败。因此，我骑煤桶飞去。我骑在煤桶上，手握桶把——这缰绳再便当不过，艰难地拾级而下，到了楼下，我的桶却奇妙地腾空而起，飞了起来。即使是跪在地上恭顺的骆驼，起身时也没有我的煤桶这般尊严。那种畜生总爱在骑士的木棍下瑟瑟发抖，我骑着煤桶在僵硬冰冷的街道上慢跑。有时我们飞到一层楼房那么高，低飞时也不矮于房门，最后我异乎寻常地飞到煤店，在拱形屋顶上盘旋。我俯视下面，看到老板正伏案疾书。他打开房门，放出室内多余的热气。

"老板，"我喊了起来，我的呼唤本已让冰霜冻得没有气息，又被我口中呼出的冷雾吞噬下去。

"求求您！老板，给我点儿煤吧！我的桶空空如也，我骑在上面都飞了起来。行行好吧！我有了钱一定还账。"

老板用手罩在耳朵上。

"我没有听错吧？"他猛地向身后的老板娘问道，"我没听错？有主顾了。"

"我什么也没有听见。"

老板娘说道。她的呼吸仍是不紧不慢，手中的织活也没停下。身后的炉火把她的后背烤得暖洋洋的。

"听见了。你一定听见了！是我啊，老主顾了，忠实的老主顾；只是目前我一无所有。"

我大声喊着。

"老婆子，"老板说，"是有人。我的耳朵还不会这么背。一定是位老主顾，常来买煤的老主顾。要不我怎么会听得这么清楚。"

"你怎么了，老头子？"他的妻子停了一下手中的织活，就势拉到胸前。

"没人，街上一个人也没有。咱们的主顾都不缺煤烧。可以关上店门，歇儿天了。"

"我就在这儿，坐在煤桶上呢，往上看看吧，只消瞥上一眼，就能看见我。我求求你们，一锹煤就行。要是给多了，我会高兴得忘乎所以的。其他主顾都有煤，啊，但愿我也能听到煤哗啦啦地铲进我的桶里的声音。"

我呼喊着，并没感觉到眼泪已冻成冰，使得两只眼睛变得模糊起来。

"来了。"

老板应着。他晃动着一双短腿，走出屋来。谁知这时老板娘已站到了老板身旁，她伸出手挡住老板，说："你待在这儿。你这么疑神疑鬼的，还是我去吧。别忘了昨儿夜里你那阵咳嗽。就这么一桩买卖，还没准儿是你凭空想象出来的，为这么点事，你就想豁上你的肺，把老婆孩子扔下不管？你回屋，我去。"

"别忘了告诉他我们这儿各式各样的煤都有，我给你唱价。"

"好。"

老板娘说着从房内走到了街上，她一眼就看见了我，我喊道："老板娘，鄙人向你致以最恭顺的问候。给我一锹煤吧，桶就在这儿，我会自己弄回家的。给一锹最不好的也行。我一个子儿都不会少给的，只是眼下一文没有。"

"眼下一文没有"实属不祥之词，和附近教堂尖塔上的钟声混成一体，真不对味。

"哎！他要买什么？"老板喊着。

"什么也不买，"老板娘回答，"这里没人，连个鬼影也没有。

我只听到钟敲了六下，我们该打烊了，天冷得要命，明天咱们还有好些买卖等着呢！"她什么也没看到，什么也没听到。不过，她还是解开围裙带子，想用围裙把我扇走。不幸的事到处都是，看看如今大获全胜的恰恰是老板娘。我的煤桶具有骏马的各种神功奇力，却偏偏缺少抵御能力。煤桶太轻了，一个女人的围裙就把它扇在空中飞旋起来。

"臭老婆子！"我回头叫着。老板娘这会儿正转身回店，那神情，几分轻蔑，几分欣慰。她朝空中挥舞着拳头。

"臭老婆子，我只求你给我一锹最差的煤，你连这么点忙都不帮。"

说着我便升到了冰山高处，永远地消失了。

列车上遇到的姑娘 印度 拉斯金·邦德

我一个人独自坐了一个座位间，直到列车到达罗哈那才上来一位姑娘。为这位姑娘送行的夫妇可能是她的父母，他们似乎对姑娘这趟旅行放不下心。那位太太向她作了详细的交代，东西该放在什么地方，不要把头伸出窗外，避免同陌生人交谈，等等。

我是个盲人，所以不知道姑娘长得如何，但从她脚后跟发出的"啪嗒啪嗒"的声音，我知道她穿了双拖鞋。她说话的声音是多么清脆甜润！

"你是到台拉登去吗？"火车出站时我问她。

我想必是坐在一个阴暗的角落里，因为我的声音吓了她一跳，她低低地惊叫一声，末了，说道："我不知道这里有人。"

是啊，这是常事，眼明目亮的人往往连鼻子底下的事物也看不到，也许他们要看的东西太多了，而那些看不见的人反倒能靠着其他感官确切地注意到周围的事物。

"我开始也没看见你，"我说，"不过我听到你进来了。"我不知道能否不让她发觉我是个盲人，我想，只要我坐在这个地方不动，她大概是不容易发现庐山真面目的。

"我到萨哈兰普尔下车。"姑娘说，"我的姨妈在那里接我。你到哪儿去？"

"先到台拉登，然后再去穆索里。"我说。

"啊，你真幸运！要是我能去穆索里该多好啊！我喜欢那里的山，特别是在十月份。"

"不错，那是黄金季节，"说着，我脑海里回想起眼睛没瞎时所见到的情景。

"漫山遍野的大丽花，在明媚的阳光下显得更加绚丽多彩。到了夜晚，坐在篝火旁，喝上一点白兰地，这个时候，大多数游客离去了，路上静悄悄的，就像到了一个渺无人烟的地方。"

她默默无语，是我的话打动了她？还是她把我当作一个风流倜傥的滑头？接着，我犯了一个错误，"外面天气怎么样？"我问。

她对这个问题似乎毫不奇怪。难道她已经发觉我是一个盲人了？不过，她接下来的一句话马上使我疑团顿释。"你干吗不自己看看窗外？"听上去她安之若素。

我沿着座位毫不费力地挪到车窗边。窗子是开着的，我脸朝着窗外假装欣赏起外面的景色来。我的脑子里能够想象出路边的电线杆飞速向后闪去的情形。"你注意到没有？"我冒险地说，"好像我们的车没有动，是外面的树在动。"

"这是常有的现象。"

我把脸从窗口转过来，朝着姑娘，有那么一会儿，我们都默默无语。"你的脸真有趣。"我变得越发大胆了，然而，这种评论是不

精彩绝伦的微型小说

会错的，因为很少有姑娘不喜欢奉承。

她舒心地笑了起来，那笑声宛若一串银铃声。"听你这么说，我真高兴，"她道，"谁都说我的脸漂亮，我都听腻了！"

啊，这么说来，她确实长得漂亮！于是我一本正经地大声道："是啊，有趣的脸同样可以是漂亮的啊。"

"你真会说话。"她说，"不过，你干吗这么认真？"

"马上你就要下车了。"我突然冒出这么一句。

"谢天谢地，总算路程不远，要叫我在这里再坐两三个小时，我就受不住了。"

然而，我却乐意照这样在这里一直坐下去，只要我能听见她说话。她的声音就像山涧淙淙的流水。她也许一下车就会忘记我们这次短暂的相遇，然而对于我来说，接下去的旅途中我会一直想着这事，甚至在以后的一段时间里也难忘怀。

汽笛一声长鸣，车轮的节奏慢了下来。姑娘站起身，收拾起她的东西。我真想知道，她是挽着发髻？还是长发散披在肩上？还是留着短发？

火车慢慢地驶进站。车外，脚夫的吆喝声、小贩的叫卖声响成一片。车门附近传来一位妇女的尖嗓音，那想必是姑娘的姨妈了。

"再见！"姑娘说。

她站在靠我很近的地方，从她身上散发出的香水味撩拨着我的心房。我想伸手摸摸她的头发，可是她已飘然离去，只留下一丝清香萦绕在她站过的地方。

门口有人相互撞了一下，只听见一个进门的男人结结巴巴地说了一声"对不起"。接着门"砰"的一声关上，把我和外面的世界隔了起来。我回到自己的座位上，列车员嘴里一声哨响，车就开动了。

列车慢慢加快速度，飞滚的车轮唱起了一支歌。车厢在轻轻晃动，发出嘎吱嘎吱的声音。我摸到窗口，脸朝外坐了下来。外面分明是光天化日，可我的眼前却是一片漆黑！现在我有了一个新旅伴，也许又可以小施骗技了。

"对不起，我不像刚才下车的那位吸引人。"他搭讪着说。

"那姑娘很有意思，"我说，"你能不能告诉我，她留着长发还是短发？"

"这我倒没注意，"他听上去有些迷惑不解，"不过她的眼睛我倒注意了，那双眼睛长得很美，可对她毫无用处——她完全是个瞎子，你注意到了吗？"

搬家　印度尼西亚　阿蕉

马先生十年内搬了五次家。每次搬家总要忙上几个星期，很觉得是件苦差事。租金年年上涨，一家人只好从大街搬到小巷，从砖屋搬到木屋。房子越搬越远，越搬越小。一家五口省吃俭用，期望有朝一日有个自己的家。后来马先生终于买了一幢房子，十年分期付款。为了应付首期，马太太变卖了所有首饰，马先生约了一份人情会，外加东凑西借，算是度过了这一难关。

"这该是最后一次搬家了。"

马太太说："不用的旧物统统扔了吧。搬来搬去，塞得家里满满的，最后还不是成了废物。"

马先生觉得有理。两口子便把要搬走的物件集中在右边，把准备丢弃的杂物堆积在左边。才半日时光，两边越积越高。每次搬家总会觉得，人实在是可笑的动物，该用的东西长年尘封舍不得用，没用的废物长期保存着舍不得抛弃，宁愿一生背着两个大包袱。一

精彩绝伦的微型小说

些破椅子、烂褥子，漏水的厨房用具全部集中在左边，准备丢弃了。

"这里有一箱妈生前的衣服，怎么处理？"马先生打开一个箱子，说道。那是马老太太八年前去世的时候留下的。

"扔了！"马太太说，"我妈说呢，先人的遗物，别再搬到新家去。什么事都要图个吉利。你在公司干了这么多年没升职，谁知道跟这些物事有没有关呢。"

"瞧，还有一盒旧照片和信件，也是妈留下的。保存着吧？"马先生又问道。

"都扔了！我们又不是名人显贵，那种东西越旧越卖钱。"

马先生于是把手里的东西抛到左边去。

"这箱子里还有妈生前用的假牙。"

马先生从箱子里捡出一副假牙来。

"扔了！"马太太气愤地说。马先生正想往左边一丢，但见金光一闪，便咦了一声道："是金牙呢。"

"什么？"马太太直起身来，从马先生手里抢过金牙，在手里掂了一下。

"扔了么？"马先生又问道。

"不知道是全金还是镀金的。"

马太太答非所问，接着把它搁在身旁的桌面上。忙了一阵，马太太用眼角瞟了马先生一眼，然后伸了个懒腰，说道："累死了，还是休息一会儿吧。"

说着走进房间，顺手将桌面上的金牙塞进衣袋里。

是你教我的　印度尼西亚　雯飞

当她发现放在旅行袋内刚从银行提回的数目不少的款项忽然不

翼而飞时，震惊得差点昏了过去。怎么不呢？那是她千里迢迢，别离家人远赴雅加达的主要目的，准备替夫家采办货品的一笔汇款啊！她急得如热锅上的蚂蚁，会是谁偷去的呢？她没有娘家，母亲早在她童年时就过世，父亲在她刚披上婚纱时也走了。她每次回来，就住在二弟家里，二弟尚未成家，从小吃苦耐劳、省吃俭用，虽然读书不多，却靠勤学老实颇得老板赏识信任，如今他在事业上已有了一点成就，并且实现了他的愿望——把分散各地的兄弟会合起来，给予生活上、工作上的扶持。她对这位弟弟早就佩服得五体投地，反之对其大哥自小懒惰成性、好逸恶劳感到极度厌恶。忆起小时候，大哥常带她和二弟逃学，教他们偷拿停放在路旁的轿车内挂着的装饰品，教他们偷摘别人家篱笆内的花果，教她们偷表弟妹的玩具，在游泳池的更衣室里偷朋友的钱……她记得那年她将要随夫远飞外岛谋生的前一天，接获大哥因开空头支票而被捕入狱的消息，她与二弟同去牢里探望，见到穿着深蓝色狱服的大哥低垂着头走出来，她的心有多沉重。此刻，轮到她这个做妹妹的钱被偷了，真是岂有此理！难道大哥竟连兄弟情义也不顾了！傍晚，餐桌上，只有她与二弟、大哥三人一起进餐，不见三弟。大哥像往常一样，一副吊儿郎当模样，嬉皮笑脸，说话不着边际的谈东扯西。她紧绷着脸，心中骂道：哼！你别来这一套啦！一副泰然自得无罪状！她极力盘算着如何开口揭穿大哥的罪行，终于……"哥！请你别再假惺惺了！拿来！还给我！"她努力迸出这句话，心激烈地跳着，唇有些发抖。毕竟他们已离别了十多年，手足情被岁月所冲淡，本来还有一丝丝的兄妹情，如今因着那笔钱的失踪使她在极度愤慨、悲痛、沮丧下不能自制而不顾一切了。

"什么？"几乎是同时，大哥和二弟异口同声地说，空气顿时凝固。

"我的钱呀！明天我要去采办杂货的现款……"她歇斯底里地

喊，她的喉头哽住，委屈、悲愤、难过、痛恨使她再也无法说下去，伏在桌上抽泣。二弟严厉地注视大哥："你?"

"不是！我没有拿，发誓！真的！"大哥分辩。忽然，他望着三弟的空位……猛然记起什么，恍然大喊一声："是三弟！对！一定是他，我刚才看到他和一群朋友朝 XX 赌场走去……"果然，他们从三弟的衣柜里搜出 XX 银行纸袋，而里边已经空了。她瞪着窗外，眼前仿佛看到当年的那一幕……她牵着四岁的三弟，漫无目的地逛游着。家中已多天没有炊烟了，十一岁的她带着他出去"找食"，有时到亲戚家里吃一顿，有时跑去妈妈生前好友家里……那天，当他们走过巴刹那一排卖玩具的小铺前，三弟忽然硬拖着她的手，指着地下摆着的那辆木制小汽车叫着："我要！我要!"告诉他，姐姐没有钱，他不懂，一直哭闹着，她灵机一动，对他耳语一会儿就放下他先走一步。岂料，她刚走五、六步，后边就传来三弟的哭喊声，只见三弟被一个中年人拉着耳朵恶狠狠地咒骂着，她赶紧走回去，试图帮他"解围"，便假假地责怪他："你不可以随意拿人家的东西呀！"三弟边哭边指着她："刚才是姐姐教我的嘛！呜……"

大慈善家的父亲 印度尼西亚 歌林

中午憩息时间，"爱心"老人院的一间寝室里，两个暮气沉沉的老人，正躺在床上交谈着。

"再过两天又是中秋节了，不知道我们有没有福气吃中秋月饼?"乙老人凝视着天花板，首先打开话匣。

"听说'仁爱'老人院的老人就有这个福气呢！"甲老人接腔地说道。回头看了一下乙老人依然注视着天花板，于是继续说，"听说那边的老人每人分得两块月饼。他们那边，每年会有一位大慈善家送来数十盒月饼，还有那边的老人从那位大慈善家另得到一个红包，里面是两张一万盾的钱呢！"甲老人说完，一脸羡慕的神色。甲老人的这段话，将乙老人引到往事的回忆里去。想起在家的那段日子，自己是多么的风光。每年的中秋节，儿子、媳妇、女儿、女婿，都争着买最最名牌、最最好吃的中秋月饼来孝敬老人家。不止月饼，还有外国果子、名贵酒，还每人包了个大红包，里面是一百万的钱，还有红色封面写着"寿比南山"的祝词。那些日子里，自己真正是最幸福的老人呀！……想到这些，他那干瘪的皱脸浮现出一片光彩。可是，这一片光彩一瞬间就闪没了……"喂，你怎么发起呆来了。"

乙老人的思路，被甲老人打断了。

"不知道那位大慈善家叫什么名字？"

"听说是姓吴的，名字我就记不起来了……"甲老人沉思了片刻，讷讷回答。"是不是姓吴名孝。"

"噫，你怎么知道的！"甲老人以诧异的眼光注视着乙老人。

"因为他是我的儿子，就是他嫌我年老多病，把我送进这间老人院的！"乙老人说完，心中有一种倾诉不出的委屈。甲老人在一刹那间惊讶不解，变得哑口无言……

跨栏高手　马来西亚　张依苹

小时候随母亲上街，母子俩总会比同时出门的邻居早到菜市场。我们从不顺着大路走，更不爱用斑马线和天桥。母亲最是会打算。

"喏，从这边到那边，至少得走一分钟。阿弟呀！你手脚灵巧，从栏杆爬过去得了！"她自己也应声跨了过去。母亲每天总忙得漏吃

精彩绝伦的微型小说

一两顿饭，也就比一般中年妇女轻盈，加上"训练有素"，手一撑，跳过及腰的围栏，根本易如等闲。孩子们渐渐长大，父亲的生意开始赚得多，家里生活水准大大提高，也就买起汽车来。母亲不再走路上街，当然也没再表演"跨栏"。我念小学，一直到初中，年幼时过马路的习惯还保留着。就在中四那年，同学广生被车撞得脚骨碎裂，听说是从街上的围栏跳下来时给货车碰到。结果，锯了一边脚，每天倚着拐杖。自此，我对"跨栏"敬而远之。近年，自己加入有车阶级行列，不知不觉对街上的"爬栏"、"跨栏"高手起了恶感。在高速公路上驾驶，忽地窜出一个人影，来个紧急煞车，不禁憋了一肚子气，不停下来么，难不成搞出第二个广生来！街上永远不乏此道中人。朝气蓬勃的青少年，略笨重的中年人，初出茅庐的儿童，老当益壮的老年人，围栏周遭一直都是热闹的。母亲已届不惑之数，身子日形瘦小，简直皮肉见骨，精神更是一年比一年差，医生说，必须做些轻便的运动。那天，带母亲上街散步，她见到围栏对面一间药铺，嘴里念着："阿弟，我去前面买些参。"

说罢手已扶住栏杆。我忙阻止："阿妈，走那边吧！"到底人老了，没能翻过去，我倒松了一口气。不经意地眼光飘到远处的围栏。一个残废者正靠着围栏休息，然后缓缓把拐杖放到另一面栏，吃力地压着围栏的横柱，把身体一弹，过去了，重新拿起拐杖，支在腋下，一跛一跛地横过马路。我转回头，母亲正小心地钻过围栏的空隙。啊！清瘦了的母亲竟能穿过半尺宽的栏格。何时，方才越栏的跛子已走至我们旁边。我下意识地看他一下，他的眼睛居然也盯着我。我不由得多看他一眼，脑海忽地闪出一个名字……"广生！"

梯子　新加坡　周粲

年轻的爸爸和他的儿子一起在后花园放风筝。小小的园地，小小的风筝。

小小的风筝飞呀飞呀的，就飞到了墙头上。墙头上的野花，把风筝紧紧地缠着。

于是爸爸说，必须去拿一架梯子来。然后爬上梯子，取下墙头上的风筝。

爸爸要爬上梯子，但是儿子说："爸爸，让我来吧！"

爸爸看了看九岁的儿子，想了又想，终于说："也好，让你来就让你来。"

猴子一般地，儿子爬到梯子的最高一级了。

儿子转过头来，嘻嘻地笑。他的笑声，像用早晨的牵牛花吹出来的。

揭开了风筝绕在野花上的线，正要下来，爸爸却用一只大手和一个声音制止了他。爸爸说："慢着。"

儿子停住了，望着爸爸，用眼睛问爸爸："怎么啦？"

爸爸说："我先讲个故事给你听了，你再下来。"

于是儿子笑得更开心，他一手抓住梯子，一手拿着风筝，等爸爸讲故事。爸爸讲的故事没有一次是不好听的。

爸爸说："从前有个爸爸，告诉他那个站在一架很高很高的梯子上的儿子说：'你跳下来，你一跳下来，爸爸一定会在下面把你抱住。'听见爸爸这么说，儿子很放心，就像游泳时跳进水里去一样，纵身一跳。哪里知道当儿子就要投进爸爸的怀抱里的前一秒钟，爸爸的身体一闪，站在一旁。儿子扑了个空，掉在地上，屁股差一点开花。哭哭啼啼地站起身来，儿子问爸爸为什么要骗他。爸爸说："我要给你一个教训，连你爸爸的话都靠不住，别人说的话，更不必说了。'"停了一停，爸爸继续说，"我们也来照着做一次好不好？"

儿子一听，脸都变白了。

爸爸说："不要怕，勇敢一点，你只要跳那么一次就行了。我要你留下深刻的印象，免得你以后长大了，容易上人家的当。"

但是儿子显然并没有被爸爸的话说服。他脸上惊愕的表情，丝毫没有消退，然而他还是不敢违抗命令。他站在那儿，动也不敢动。

爸爸开始发号施令了："听着啊，我喊一二三，喊到三的时候，你就跳下来，然后我就把手伸出去假装要接住你的手缩回来，让你跌一个屁滚尿流！"

站在梯子上，儿子的脸像一粒还没有熟透的橘子。爸爸喊了："一……二……三！"

咬紧牙根，忍着泪，儿子从梯子上跳下来了。他等待着自己的身体像一个南瓜，噗的一声，摔得支离破碎……

然而，好奇怪！爸爸的手竟然没有缩回去，他的身体也没移开。他还是定定地站在原来的地方，把掉到他手中的儿子，牢牢固固、结结实实地接住了、抱住了。

儿子虽然不曾受伤，但是他的神情，比刚才还要疑惑，张大了眼睛，他问："爸爸，你为什么骗我？"

爸爸笑出声来。爸爸说："爸爸要让你知道，即使是别人的话，有时也是可以信任的，何况是爸爸的话呢！"

所有的玫瑰花，都回到儿子脸上。他搂住爸爸，不住地吻爸爸的双颊。

爸爸和儿子拉着风筝，向后园的一角跑去。

七叔的书店 新加坡　尤金

七叔爱书——爱看书、爱藏书。

爱书的七叔，诞生在动荡不安的年头里，没有机会坐在课室里完成正规的学校教育。他凭着区区几年小学教育打下的基础，在长长的人生里孜孜不倦地自修。在建筑工地当督工，每天拖着疲乏的身子归家后，总闭门谢客，亮灯读书。他把赚来的钱一分一毫地积存起来，为实现心中那个美丽的愿望而静静地努力。等时机全然成熟以后，他来找我，说：

"我在丹戎巴葛组屋区标到一家店铺，准备开设书店，你是否可以帮我选购书籍？"

爱书的七叔，说这话时，双眼不绝地闪着兴奋的亮光。啊，他是准备为自己砌一座书城，终生与书相伴了！

我偕同他，马不停蹄地造访各大书店，和书店老板洽谈取书折扣；谈妥之后，便钻入书堆里，大选特选。哟，平生第一回，买书买得如此痛快淋漓——不看价格不管数量；喜欢便拿，拿了便走。

七叔的书店如期开幕了。书架上琳琅满目的书，神气活现地闪着鲜艳亮丽的色泽。七叔在不算宽敞的店里走走、坐坐；在排排书架间抽出书本来，翻翻、看看，好似手足无措的样子，然而，脸上的笑容，却是满满满满的。

每回经过丹戎巴葛，我总到七叔的书店小坐一阵子。然而，每次去，心中总像是被刀剐了似的，痛得难受。

七叔的书店，门可罗雀。

闲闲的七叔，坐在书架间，面无表情地看着对面糕饼店如潮的架上的书，一本挨一本挤挤逼逼，朝夕相看，永不分离。

有一天，七叔又来找我，淡淡地说：

"我打算改卖录音卡带了。那些书，是否可以打个折，请书店收回去？"

尽管他装着若无其事的样子，可是，他眼里的灼痛，却是难以掩饰的。

几个月后，再经过丹戎巴葛区，到七叔的店铺去。原来寂静无声的店，发出了震耳欲聋的乐声。原本空无一人的店，挤满了正当青春的少男少女。

七叔坐在收银机旁，收钱、找钱，硬币相碰时，叮叮当当地发出了悦耳的响声！

七叔的脸，板板的、硬硬的，无笑。

姐妹俩 新加坡 尤今

姐妹俩年龄相加，刚好 100 岁：姐姐 58，妹妹 42。

姐妹俩云英未嫁，分别住在相隔一里之遥的公寓里。我与她们的关系，"九曲十三弯"地隔了很多层，只能不清不楚地称她们为表姐、表妹。

表姐已退休，身体不好，落落寡合；表妹在百货公司里当主管，身强体壮，意气风发。姐妹俩天天晤面，却龃龉不绝。

每回到马六甲去，总听到她们彼此投诉；越说越凶，最后，总是恶脸相向。

我自认旁观者清，觉得表妹处处体现温情，表姐却处处不领情，所以，总帮着妹妹说姐姐。

最近，又去马六甲，住在表妹的家。

表姐一大早来，我在漱洗室，只听到表妹兴高采烈地说道：

"我一早上菜市，有上好的3层肉，顺便给你买了1公斤。"岂料表姐语气不乐地应道："我不是曾经告诉过你，我现在已经减少吃肉了吗？上回你买的，我还没吃完哪！现在，这肉，我不要了。"表妹耐心地说："既然我已经买了，你就拿回去吧！"表姐坚持地说："我吃不了那么多，不拿了。"表妹显然生气了，高声应道："你不要，就拿去丢掉好啦！"

我从漱洗室出来时，表姐变苦瓜而表妹变黄连，一室都是风雨欲来的死寂。我觑了个空，把表姐拉到一边，说："是你不对！妹妹好心买了肉给你，你却不要，多伤人！"表姐余怒未消，应道："已经说了很多次，叫她不要再买肉给我了，她老是不听。这一回，我硬硬拒绝，给她一个教训嘛！"我说："既然已经买了，你就收下慢慢吃嘛，她也是一片好心！"表姐说："她有的是好心，我有的却是苦心啊！你知道吗，她固执得像石头，别人的话，总当耳边风！"唉，我叹气。喊抓贼的往往便是贼，明明是自己固执，却说别人像石头。

表姐悻悻然地走了，那一条丰满透亮的3层肉，意兴阑珊地躺在桌子上，一无是用地闪着身上的油光。

晚上，就寝之前，表妹问我："明天早餐要吃什么？"我坦白而诚恳地告诉她："明天中午12点，有人请我去吃牛肉火锅，我如果吃了早餐，绝对便会辜负主人邀约我的一番好意了。你千万千万不要为我张罗早餐，好吗？"她唯唯诺诺。

次日，睡到10时许，才懒洋洋地起身。一迈出房门，食物的香味便扑鼻而来。表妹满脸笑容地对我说道："我一大清早便上菜市，买齐材料给你炒了这盘面，快点趁热吃！"我看着桌上那盘她用足心

精彩绝伦的微型小说

思炒得五彩缤纷而又堆得好像小丘一般高的炒面，瞠目结舌。她催我："吃呀，快点吃呀！"此刻，在炒面袅袅升起的烟气中，表姐的话，清清楚楚地浮上了脑际："你知道吗，她固执得像石头，别人的话，总当耳边风……"

送汤 新加坡 艾禺

爸爸有一个星期没有来送汤了。

真搞不懂他，已经退休了，又没事做，只是煮点汤拿过来，隔几条马路，最近也变成好像很麻烦的事，总是三、四天才能喝到一点汤水。说汤水真的不过分，清清白白的，一看就知道是即煮即成的汤，不是那种下工夫熬几个小时入味的"好东西"。有时汤里还连块肉都省了，是这样煮汤的吗？和从前比起来，真是相距太远了！

我已经习惯喝他煮的汤，贝母北杏煲西洋菜汤也好，槐花番茄鸡翅汤也好，是清热还是降血我都不在乎。以我这个还是年轻人的年纪，几时轮到病会来找我？

爸总是说身体一定要照顾，不要等到出毛病时想补救都来不及。我就是嫌他啰嗦，虽然家里只有两个人，我还是坚持要搬出来住。当然我这样做也是为了 Ken，那个我刚喜欢上的男人。

爸爸第一次煮汤给我喝，是在妈妈离开家的那一天开始。我不知道妈妈为什么要出去了就永远没有回来？等到长大一点，才明白她是认为爸爸没出息，只会窝在药材店里当伙计，才不要我们的。为什么她要这么残忍，她可以不要爸爸，难道我就不值得她留恋吗？

我从此有点恨爸爸，又可怜他。

他总是一个人默默地承受一切，包括对我的照顾，无微不至。

我也习惯了被宠的感觉，没有他，我就好像失去了什么，心里有一种难以言喻的慌！

Ken 第一次来我家吃饭后这样对我说："汤是很好喝，不过……一个只会煮汤的男人会有什么用？"

他和妈妈一样瞧不起爸爸，于是我就听话地搬了出来。不过说什么我也不愿意搬得太远，因为我还需要老树遮阴。

说也奇怪，自从搬了出来，家里就常来一个叫双姨的女人，她是爸爸常去的诊疗所的护士，听说是个老处女。Ken 笑说或许爸爸早就该有第二春，是我的存在阻碍了他的发展。现在好啦，搬了出来成全了他，我也算做了件"孝顺"的事。

爸爸爱往诊疗所钻也是最近的事，问他出了什么事，他总是摇摇头，又问我想喝什么汤，他去煮。

"我不是刚说要喝胡椒猪肚汤吗，怎么你又忘了？"

他不应该会忘记我爱喝汤的，一个星期，已经七天了，七天没有汤喝，那是不可能的事。难道因为有了"他爱"，他把煮汤给我喝的"责任"都忘了？！

我打了个电话回家，没想到接电话的就是"他爱"。

"我要找爸爸。"心里的一股妒意使我的语气冷漠。

"你爸爸不是给你送汤去了吗？"对方温柔地说。

"送汤？他已经一个星期没有给我送汤了！"我近乎叫起来。

对方一阵沉默，停了良久。

"……有些事情我不知道该不该跟你说……"

难道他们要宣布婚讯，然后告诉我以后都不会来送汤了？我控制着自己易发怒的情绪。

"有什么你就说吧！"

我不知道自己是怎样奔下楼的，撞到人了没有。我只知道自己在拼命地跑，无头绪地乱跑，寻找一个已经越来越失去记忆的老人，他或许正找不到要去他女儿家的路。

"你爸爸不久前检查出来，证实得了老年痴呆症。他说过不能跟你说的……下午他煮了汤说要给你送去，我叫他不要去的，他说你喜欢喝西洋菜汤……他说你的家他一定会记得……"

双程交通的分界堤上，一个老人满头大汗地走来走去，手里提着一个汤罐，彷徨焦急得不知该往哪个方向走。

我认出那就是我的爸爸。

汤罐里的汤已经凉了。双姨说爸爸傍晚就出门了，就为了我可以有热汤喝。而现在已经快半夜。

公园里，我一口一口地喝着汤，感觉它一点也没凉，还透着暖暖的热气。

"爸，这汤真好喝！"

"好喝，我明天煮，再帮你送……"爸爸眼光里闪过一种茫然，好像极力寻思着他记忆里有关我的资料存案，然后遍寻不获般的焦急颤抖。

"不用了，爸，我以后不要再叫你送汤了！"我坚决地说。

"你……你不要喝我的……汤？"

"不是，我决定搬回家跟你一起住，好吗？"

爸爸怔怔地望着我，我知道总有一天，他连我是谁都要忘记。

不过，我已经决定要自己学煮汤，我要煮一辈子的汤给他喝。

放生 　新加坡　艾禺

他又买了一对鸽子准备去放生。

卖鸽子的人说，放生就是积阴德。你这一生做过什么错事没办法补偿，通过放生，罪孽就没了，放生得越多，罪孽越少，来世就可以过更好的日子。

这个世界上有谁敢说自己从来都没做过一件错事，就算踩死一只蚂蚁，它也有生命，不也是罪吗？

每回买了鸽子他都到庙里去。卖鸽子的人又说鸽子也是人变的，前世做过坏事的人今世就变动物，鸽子就是其中一种，做了好事才有机会继续做人。和尚给念念经，鸽子的罪孽也少了，说不定来世又可以重新做人。你帮它们积德，自己积的德就更大了！

鸽子在盖着的纸盒里咕咕叫着，没有因为听了经而平和下来。他走到院子里，俯身打开纸盒，就等待看着每一次鸽子的脱囚。

通常是两只噼啪噼啪争着飞起来的，可是这次，一只都飞到半天高了，另一只却依然乖乖地坐在盒子里。

"飞啊，以后你要去哪里就去哪里，天大地大，都是你的家……"

鸽子转着圆鼓鼓的眼睛望着他，好像很可怜的样子。

难道是只胆小的鸽子，一路上搬来搬去受惊了，吓到不会飞起来？他小心翼翼地把它抱起来，打算放到草地上去，却发现原来鸽子的一只脚受伤了，扭着不会站起来。

放生这么多次，这种问题还是头一遭遇到。怎么办？继续放生，它不会飞，肯定很快就让野狗叼了去做美食。送回给卖鸽子的，这时候也应该收摊子了。再说也真不知道鸽子的脚是几时扭断的，会不会又是自己不经意造的孽？

放生放生，就是给它一条生路。总不能让它死，养它几天，等脚好了，再把它放出去吧！

他于是把鸽子带回了家。

儿子媳妇爱干净的习性他是了解的，不要说环境，只是说话也被洗得清清白白了。一个月可以和他们说的话，都可以计算得出来。

带鸽子回来的事他一点也不敢声张，悄悄地把纸盒放到厨房后面的小院子中，除了女佣玛丽亚，谁也不知道。

其实也不过几天，几天就放走，很快的。

可是聪明的彤彤很快就发现爷爷在后院养了一只鸽子，高兴地在厨房和后院中跑来跑去，一下子要给鸽子喂米，一下子又俯着身子看鸽子的脚好了没有，没有一刻停息。

他从没看到过孙子那么高兴的样子，简直是换了个孩子似的。他记得儿子阿明小的时候最喜欢去大沟渠抓打架鱼，每天都生龙活虎的。现在的彤彤，就像关在鱼缸里的打架鱼，你看他一眼他才动一下！

阿明的儿子本来就应该像他爸爸一样。他在彤彤的笑声里寻找到失去了很久的儿子的影子，心里有些欣慰。

养鸽子的事一下就在家里炸开了。晚饭时分，他孤零零地一个人坐在厨房后院陪着鸽子一起吃饭，鸽子啄一粒米，他也扒一口饭。

"爸，你现在就把鸽子放了！"

"可是它的脚……都还没有好。"

"放生就是放生，你还管它脚好不好？"

"这样放了它，让狗吃了，我的罪孽会很重的！"

"如果害到彤彤生病，出了什么事，你的罪孽不是更重。来世不要说变鸽子，可能只是变只蟑螂，很快就被人打死！"

他从没想过这样的后果，心头为之一震。

"鸽子乌龟需要放生，是因为它们笨，不会自己跑。外面天大地大，聪明的就会自己走出去！"

他把纸盒放到树林的中央，小心翼翼地把鸽子抱出来。鸽子还是一动不动，墨黑的丛林深处传来一阵狗吠声，好像已经嗅吸到了猎物。

"我已经放了你，接下来是好是坏就不关我的事了，罪孽不是我想要的！"他摸着鸽子的头，站了起来，朝丛林的更深处走去。

动物要放生，人也可以放生。

卖鸽子的人说，放生就是积阴德。如果自我放生能减少一些后辈的罪孽，这种补偿为什么不做呢？

反正阿明是不可能去放生的，我就帮他做了吧。

天色就这样一层一层地黑下去了……

鸿沟 新加坡 芊华

何太因染疾住院三天，刚从医院返家就听闻女儿跟朋友去露营，要两天后才回来，却没人知道她跟谁出去玩。何太立刻神经紧绷，她知道女儿我行我素的老毛病又发作了，遂逐个打电话去查问她的同学、朋友，想了解露营地点。何太不顾家人反对，拖着羸弱身躯，坚持坐的士去樟宜海边看个究竟。

何太一路上感到懊恼，真后悔生个女儿，老让自己操心。她认为身为母亲有必要坚持原则，不能让女儿在外头过夜，万一发生事情怎么办？传媒有太多负面的报道。

女儿对母亲的出现感到惊讶，虽然有感母亲对自己的关怀，却又觉得妈妈太过于担心，而让自己在朋友面前丢了面子。于是不情愿地拖着沉重脚步跟母亲回去，朋友仿佛在背后嘲笑着她……

她已几天不和母亲说话了。为了缓和女儿的情绪，何太假借要到超市购物需要帮手，要女儿陪着去。

超市内偶遇街坊李太。

"你女儿很乖，肯陪你到超市。"李太称赞道。

"你也一样嘛！"何太答道。

"还是你生女儿好，我儿子去哪里一个电话也不会打回来。"李太开始抱怨。

何太瞄了李太的儿子一眼，见这少年一脸叛逆相，嘟囔着嘴立在那儿，便安慰李太道："孩子还小，慢慢教嘛。"

"已经不小了，都念中学咯。他有时家也不回，让我担心得睡不着觉。"李太继续发牢骚。

"去露营吗？"何太尝试了解。

"他有时说是去朋友家睡，有时又什么也没说，经常就离家，我都不知他在外头做什么？"李太沮丧地说。

"我知道我在做什么！"少年忽然吼道。

"但我不知道你在做什么！"李太激动得眼泪都快掉下来了。

由始至终何太的女儿一直死瞪着那少年，她认得他就是那天来她们营地捣乱的金发少年。

补鞋男女　　新加坡　李燕燕

那是一对患难夫妻。女的俊秀，男的豪迈，天天相依相伴，在街头以补鞋为乐。

真以补鞋为乐哩。听听他俩，哼哼唔唔，双手灵巧，脸上扬着一副敬业乐业的神采，察视手中补好的鞋，模样儿得意洋洋的。钱，收来当即一人一半。

两人是夫妻吗？贫贱夫妻百事哀，尤其是当今拜金社会，有情饮水饱，能吗？

不是说"夫妻本是同林鸟，穷困来时各自飞"吗？可以共富贵、不能同熬苦的婚姻，满街可见。离婚率节节上升，同居是时尚，养儿育女，算了，现代人，要生活水准。

两人肯定不是夫妻，一段露水姻缘，一时的意和情迷！

日复一日，年复一年，两人仍天天如此，以补鞋为乐。脸上，多抹了一层适意。

傍晚，咖啡餐厅，找个偏僻位子坐下来，叫了碗面。隔邻传来了熟悉的口音："总算是盼到这一天了，儿女都已毕业，事业也已有成，我两老可以松口气了吧！啊，幸福的感觉真好！"

惊诧地把眼光调向那声音传来处：是那对敬业乐业的补鞋夫妇！

报名费　新加坡　陈薇

我推门进去，墙壁四周贴满一张张大小不同人像的彩色照片，一位年轻小姐正在接听电话："是的，我们需要多位兼职人员。在XX 大厦、五楼 XX 号，好的，一会儿见。"

"我是来应征工作的。"我表明来意。

"请坐。"她从桌子上的文件中抽出一张白色表格，然后说："你要申请成为我们的会员，报名费是 50 元。"

"50 元报名费？"我一头雾水，一把年纪，也应征过好几份工作，从来还没听说过找工作，还要缴什么报名费。

"你成为会员后，就给你保留一个工作名额。"她淡淡地说。

"成为会员后，什么时候开始工作？"

"很难说，要看我的顾客需要。譬如他要一个 10 多岁的女孩来诠释那个角色，像你这样的年龄就不适合了。所以要等机会，等适合你年龄、身份的机会，我们会马上通知你。那个时候你要不要做，由你决定。"她面不改色地说。

"如果我等了很久，你们还分配不到工作给我，我不等了，我要退出可以吗？"我说。

"可以。"

"50元的报名费，可以退回吗？"

"不可以。"她斩钉截铁地说。

我打了一个冷战，抬头一看，原来冷气机正对准我的头顶。

我悻悻然推门出去，迎面一位女士与我擦肩而过，她推门进去
……

一幅油画　新加坡　梅筠

她站在那幅画的前面已经很久了，她深沉不移的眼神像浸淫在回忆的潮水里；偶尔抬眼，那飘忽的眼光又像水里微微激起的余波。

画里是一片丛林，稀疏高挺的木麻黄，密密细细的针叶无法顶住朝阳撒下的金光，使澄碧的湖面上也泛起一层黄纱般的光环。湖水澄碧，绿波无纹，明亮若镜，画面呈现一种缥缈的意义。

她爱这幅画。那是她至亲的画作。至亲生前酷爱艺术，却仅作此一幅画，画作诠释他的性格。虽然他去世已经10年了，可是他的音容笑貌却时不时显现在这一幅画上。

若他没这么早离开人世，今年也不过60岁。她想。他重情重义却反遭情义所累。亲朋背弃了他，也带走了他半生的积蓄。虽说钱财是身外物，但无钱，却令他坠进了痛苦之路；失情，更令他走进了毁灭之途。他忧郁成病，积郁成疯，进进出出板桥。她无法忘记那段日子。生活迫人，亲情所系，她奔命于医院和住家之间，以致不成人形。她开始否定情义，因为情义毁了她的至亲。在进出板桥

时，她不时看见一个老妇人，面容枯槁，日日执饭盒来探望她的孩子。那已是中年的孩子却总是不安分地把饭菜弄了满地，弄污了衣服。老妇人面无愠色，目光慈祥，眼中关切的只有儿子，全无旁人。

是一个雨丝飘飘的黄昏。阳光和着细雨打在玻璃窗上。她到医院探望至亲，至亲刚好睡了。她百无聊赖依着玻璃窗看雨景，猛然间，一抬头，她望见了一张浮满皱纹、布着零星斑点的脸从的士探头出来。是一个老妇下车，她打了伞，拉下了车中的儿子，并用伞遮在儿子身上。她震撼地看到了两对眼神，全都茫然！他们向医院的大门走去。阳光和着雨打在老妇人佝偻的背上。

目睹此景，她的视觉模糊了。问世间，情为何物？她把视线投在至亲身上。

回忆似胶，一粘上，难以挣脱，夫离子散后，她连这仅有的一间房子也将失去。今后，除了这一幅画作外，她便一无所有。

门铃响了，好像是响了几遍，她把油画从墙上拿下来。她知道搬家具的工人来了。她走去开门，没好气地说："又不是死了人，按这么多次做什么？"

门外站了一个人，讶异地看着她。

她知道是弄错了，歉意道："对不起，我以为是搬……"

门外人问明身份后，递给她一个信封，走了。

她打开信封，内里有一便条，写着：知道你有困难，愿代为珍藏令尊画作，并奉上支票一张。

她翻开便条，下面夹了一张 5 万元的支票。

"神经病"　　文莱　宁静

这是一个晴朗的日子。蓝天白云，天高气爽。

精彩绝伦的微型小说

已经很久没有这样优哉游哉地在公园漫步了。灵修深深地吸了一口气。清晨略带凉意的空气，沁人肺腑，顿觉神清气爽。抬头仰望，棉絮似的白云，在缓缓地浮荡，有时似层峦叠嶂，有时如群羊漫游。小时候他最喜欢在晚饭后，躺在如茵的草地上，看白云数星星。

　　仰望白云的闲情逸致，使他不知不觉地沉浸在回忆的长河中……

　　不知过了多久，身后突然传来这样的对话：

　　"喂！老兄，你到底在看些什么？！"

　　"我不知道啊！我看到那么多人，仰望天空指指点点，以为有什么不明飞行物体出现。"

　　灵修转头一看，身后什么时候站了一群人？怎么他没觉察到？

　　"你们在看什么啊？"

　　"我正想问你呢！"站在他身后的一个老人答道。

　　"我……我……只不过望着天上的白云发一阵呆，怎么……"灵修结结巴巴地不知该怎么回答。

　　"神经病！害我望了半天，以为天空有什么东西出现……"人群一哄而散。

　　"神经病！"

　　"神经病！"

　　"到底是谁神经病！……"灵修边走边喃喃自语。

选科　　文莱　宁静

　　晴空万里，艳阳高照，怡华心中的阴霾，却挥之不去。

昨夜母子俩为选科之事争持不下。与儿子的一席话，一直在脑中回旋：

"妈，你不是不知道我的兴趣在文科，尤其是中国文学，更是我最喜欢的科目。为什么一定要我选工程系呢？我对数理没多大的兴趣。"

"不知道你是怎么考虑的？人家选文科，多数是因为积分不合理工科的要求。而你明明有条件念工程系，却偏偏要念文科。念文科出路窄，很难找到理想的工作的。"怡华苦口婆心，希望儿子改变主意。

"妈，我也知道这是一个重理轻文的社会。然而如果大家都一窝蜂地选修理科、医科等出路好的科目，置文学艺术于可有可无的地位，又如何建立一个优雅的社会？又如何培养出有文化素养的国民？要知道，文化素养不是靠引进一些歌剧话剧或开几场音乐会，就可以培养的。"

儿子说得不无道理，可是这种想法太不实际了。文学艺术能当饭吃吗？不行！我一定要说服他放弃选读文科的决定。

正盘算着要如何说服儿子时，电话铃声响起。"月香，找我有什么事？好啊，我正想找个人聊聊。"

放下电话，怡华匆匆对镜修饰一番，带上了门。

"最近给孩子选科的问题搞得心烦意乱。这孩子积分读理工科是没问题的，却偏偏要选读文科，真气人！"

刚坐下，怡华就大吐苦水。

"是吗？小强想法怎么那么不实际。我看是你常带他去欣赏什么话剧歌剧造成的。你也真是的，离校那么多年，还留着那些书干吗。那天在你家，我就看到他捧着一本《红楼梦》，看得津津有味。"

月香呷了一口咖啡，又接下去说："小强如果不肯念理科，你就劝他念商科。现在也很鼓励年轻人出去创一番事业。念商科总比念

精彩绝伦的微型小说

文科好，你说是吗？"

"我不知道，我总觉得既然要建立优雅社会，为什么又不重视文科人才？文科生出路的确比较窄。可是，如果只为将来出路好，而放弃自己的兴趣与专长，不是很悲哀吗？月香，你以前不是挺喜欢文学的吗？怎么现在也……"

小强轻手轻脚打开房门，生怕惊醒已入梦乡的寡母。选科的事，也使他十分矛盾。他是十分不愿意让母亲担忧及失望的。想起寡母含辛茹苦把自己哺育长大，还让自己上大学。他不忍拂其意。实际上他对文科生的出路也不乐观。他那几位成绩不符合理工科要求、只能选读文科的堂兄弟，出路之狭窄，不是最好的例子吗？

摊开桌面上的申请表格，他犹豫了一下，拿起了涂改液……

带着疲惫的身躯往床上一躺，却发现枕头旁有一封信，打开一看，映入眼帘的是母亲娟秀的字体。

"小强，我已想通了……就选你喜爱的文科好了。这个选择也许限制了你将来的出路，但我可以肯定的是：你会因此而得到快乐。成功的人生不就是快乐的人生吗？"

玫瑰开花的时候　智利　佩德罗·普拉多

老园丁培育出了许多许多品种优良的玫瑰花。他像蜜蜂似的把花粉从这朵花送到那朵花去，在各个不同种类的玫瑰花中进行人工授粉。就这样，他培育出了很多新品种。这些新品种成了他心爱的宝贝，也引起了那些不肯像蜜蜂那样辛勤劳动的人的妒羡。他从来没有摘过一朵花送人。因为这一点，他落得了一个自私、讨人厌的名声。有一位美貌的夫人曾来拜访过他。当这位夫人离开的时候，同样也是两手空空没有带走一朵花，只是嘴里重复嘟囔着园丁对她说的话。从那时起，人们除了说他自私、讨人厌之外，又把他看成了疯子，谁也不再去理睬他了。

"夫人，您真美呀！"园丁对那位美貌的夫人说，"我真乐意把我花园里的花全部都奉献给您呀！但是，尽管我年岁已这么大了，我依旧不知道怎样采摘，才能算是一朵完整而有生命的玫瑰花。您在笑我吧？哦！您不要笑话我，我请求您不要笑话我。"

老园丁把这位漂亮的夫人带到了玫瑰花园里，那里盛开着一种奇妙的玫瑰花，艳红的花朵？好像是一颗鲜红的心被抛弃在蒺藜之中。

"大人，您看，"园丁一边用他那熟练的布满老茧的手抚摸着花朵，一边说，"我一直观察着玫瑰开花的全部过程。那些红色的花瓣从花萼里长出来，仿佛是一堆小小的篝火喷吐出的红彤彤的火苗。难道把火苗从篝火中取出来还能继续保持着它那熊熊燃烧的火焰吗？花萼细嫩，慢慢地从长长的花茎上长了出来，而花朵则出落在花枝上。谁也无法确切地把它们截然分开。长到何时为止算是花萼，又从何时开始算作花朵？我还观察到，当玫瑰树根往下伸展开来的时候，枝干就慢慢地变成白色，而它的根因地下渗出的水的作用，又同泥土紧紧地结合起来了。

"如果我连一朵玫瑰花该从那儿开始算起都不知道，那我怎么能把它摘下来送给他人？要是硬行把它摘下来赠送给别人，那么，夫人，您知道吗？一种断残的东西其生命是十分短暂的。

"每年到了十月，那含苞待放的玫瑰花蕾绽开了。我竭力想知道玫瑰是从什么地方开始开花的。我从来也不敢说：'我的玫瑰树开花了。'而我总是这样欢呼着：'大地开花了，妙极啦！'在年轻的时候，我很有钱，身体壮实，人长得漂亮，而且心地善良，为人忠厚。那时曾有四个女人爱我。

"第一个女人爱我的钱财。在那个放荡女人的手里，我的财产很快地被挥霍完了。

"第二个女人爱我的健壮的体格，她要我同我的那些情敌去搏斗，去战胜他们。可是不久，我的精力就随着她的爱情一起枯竭了。

"第三个女人爱我的英俊的容貌，她无休止地吻我，对我倾吐了许许多多情意缠绵的奉承话。我英俊的容貌随着我的青春一起消逝了，那个女人对我的爱情也就完结了。

"第四个女人爱我的忠厚善良。她利用我这一点来为她自己谋取利益，最后我终于看出了她的虚伪，就把她抛弃了。

"在那个时候，夫人，我就像一株玫瑰树上的四朵玫瑰花，四个女人，每人摘去了一朵。但是，如果说一株玫瑰树可以迎送一百个春天的话，那么一朵玫瑰花却只能有一个春天。我那几朵可怜的玫瑰花，就是如此这般地、一旦被人摘下，也就永远地凋零了。

"自此以后，从来没有人在我的花园里拿走过一朵采摘的花。我对所有到我这花园来的人说：'你什么时候才能不热衷于那些被分割开来的、残缺不全的东西呢？假如你真能把每件事物的底细明确地分清楚，假如你真能弄清玫瑰长到何处算作花萼，又从何处开始算作花朵的话，那么，你就到那玫瑰开花的地方去采摘吧！'"

贝儿 中国台湾 钟玲

柴可夫斯基的音乐轻轻地播放着，大会堂的舞台上灯光柔和，若莲和她的朋友正坐在观众席上，专注地观赏着身材苗条的芭蕾女郎在台上曼舞。这时，女招待员领着一位青年来到若莲坐着的那一行。女招待员以手电筒向若莲示意着。若莲转过头一看，女招待员立即挥手要她出去。若莲心悸了一下，向朋友低声说了几句，就弯着身离席，随着招待员和青年步出礼堂。

一踏出礼堂的大门，若莲向女招待道谢后，立刻问在她前面的青年："肯尚，发生了什么事?"

"妈，贝儿病了。"

"严重吗?"

"不知道，我把肯勇和他留在医院，然后就过来接你。"

一路上，若莲有一种不祥的感觉。这几天，贝儿的食欲大减，整天昏昏睡，给他服了些便药，也不见有什么好转。她转头看看正在开车的肯尚，他一脸的焦急，看来贝儿病得不轻。

肯尚为了避开塞车，一直往小路钻，不多久，他们终于抵达医院。静寂的长廊回响着母子俩跑往紧急室跟跄的跫音。紧急室里，肯勇站在病床的一旁，医生在另一旁为贝儿检查。贝儿闭着眼躺在病床上喘息着。若莲伸出手一边轻拍他的身子，抚摸他的头，一边叫着他的名字；可贝儿稍睁开了眼睛又闭上了。医生为他打针后，脸神凝重地对若莲说：

"我给他打了针，也给他服了药，24 小时内，病情若没有恶化，就能脱险了。"

"医生，他得了什么病?"

"肝炎。"

若莲和两个儿子忧郁地望着贝儿。他们都默默地在祈祷，希望上苍能尽快医好贝儿。

"你们回去休息吧。"医生对他们母子说，"我会好好看着他的。"

第二天，若莲母子一大早又到医院去，贝儿看起来还是像昨天那样，若莲要两个孩子去上班，她自己就留在医院守护。

24 小时慢吞吞地过去，若莲像坐针毡般地难受。她一次又一次

精彩绝伦的微型小说

地呼求上苍保佑，但贝儿就是没有好转起来，最后，他们只好向贝儿告别了。若莲的心如刀割般的疼痛，泪水不断地流下来。十多年来，贝儿就像她的亲生孩子一样，如今就这样失去了他，她真是舍不得啊！

他们把他安葬了，还在坟边种了花。一个星期后，他们把雕好的墓碑安上。墓碑上刻着：

贝儿

与我们相处了 12 年的爱犬